# ER

## Christa Andersen

© 2024 Christa Andersen
Herstellung und Verlag: BoD – Books on Demand,
Norderstedt
ISBN: 9783758383571

# Inhaltsverzeichnis

# Die drei Strickerinnen

Jeden Mittwoch sitzen die drei Freundinnen zusammen, im Sommer gerne unter der Schatten spendenden riesigen Esche, um dessen Wohlbefinden sie immerfort Sorge tragen. Sie bewässern sie bei Trockenheit, entfernen das unbändige Efeu, das sie zu ersticken droht, kehren bei Bedarf die heruntergefallenen Blätter fort. Bei schlechtem Wetter verziehen sich die Frauen in eine geschützte Räumlichkeit. Es vereint sie die gleiche Leidenschaft: das Stricken. Sie tauschen gerne neue, ausgefallene Muster untereinander aus und auch an Komplimenten für die gelungenen Stücke der Kameradinnen geizen sie nicht. Sie begleiten ihre handwerkliche Tätigkeit mit intensiven Gesprächen und – wie könnte es bei Frauen anders sein – mit Kommentaren, um nicht zu sagen Tratsch, über ihre gemeinsamen Bekannten. Genauso wie ihre Hände ständig in Bewegung sind, so ist es also auch ihr Mundwerk. An erster Stelle ist es das Schicksal einer bestimmten Freundin, mit der sie alle bereits eine kleine Ewigkeit bekannt sind, das ihnen besonders am Herzen liegt.

„*Ich verstehe Caroline nicht*", erklärt Sikulda, die jüngste der Gruppe. „*So eine intelligente, Kopf gesteuerte Frau kann sich aber nicht von ihrem Professor lösen! Ich wiederhole ihr immerfort, dass ihr mit ihm keinerlei Zukunft blüht! Es ist total sinnlos, mit ihm weiterzumachen. Sie verplempert ihre kostbare Zeit! Sie ist aber unfähig, einen Befreiungsschlag zu unternehmen.*"

„*Ich finde es ja so lustig, dass wir ihn immer noch als* „Professor" *bezeichnen*", mischt sich Verdina ein. „*Caroline hat neulich zugegeben, er sei keiner. Es fiel ihr offensichtlich schwer, ihn vor uns von dieser ehrerbietenden Position zu entthronen. Sie habe sich das selber eingebildet, weil er erwähnt habe, an der Uni unterrichtet zu haben. Er habe sie aber unverblümt aufgeklärt, er habe nie eine Professur innegehabt. Wir hingegen lassen uns nicht beirren und halten* an unserer Betitelung fest. Sei's drum! Er gebart sich eh als hochrangiger Bildungsträger. Zugestanden – auf seinem eigenen Gebiet! Auf dem der Wirtschaft und der Politik."

„Habt ihr schon gehört", wirft Uranda, die älteste, aufgeklärteste der drei Frauen, ein, „was er neulich anmerkte, als er ihr einige Zeitungsartikel mitbrachte? Sie handelten von den Themen, über die sie sich ständig unterhielten, die beide sozusagen im Bann hielten, sie vielleicht sogar einten. Als wären diese, also die zwei soeben von dir, Verdina, erwähnten Sujets, die brennenden Fragen, mit denen sich Caroline von sich aus beschäftigen würde! Ganz im Gegenteil. Sie hat sich ihm angepasst. Es blieb ihr halt nichts anderes übrig, während er einfach auf seinem Steckenpferd beharrt! Stur wie ein Esel! Inzwischen gibt sich Caroline nicht mehr die Mühe, ihn mit ihrem eigenen Interessensgebiet vertraut zu machen. Kaum beginnt sie über einen Theaterbesuch oder eine Romanlektüre zu berichten, so dauert es nicht lange, bis er ihr ins Wort gefallen und zu seinen Lieblingsanliegen zurückgekehrt ist. Er unterbricht sie gnadenlos, ohne Rücksichtnahme auf ihre Neigungen. Durch sein fehlendes Einfühlungsvermögen ist sie dermaßen verunsichert, dass sie nunmehr jeglichen Anlauf, von ihren Vorlieben zu erzählen, unterlässt. Sie tut mir von Herzen leid. Wir sind doch alles kommunikative Wesen und brauchen vorrangig Teilhabe."

„Deswegen rate ich ihr, sich nicht von ihm unterdrücken zu lassen", räumt Verdina ein. „Sie verleugnet für ihn ihre eigenen Hobbys. Und wisst ihr was? Kürzlich lobte er sie, denn sie habe seit ihrer Bekanntschaft vor neun Monaten enorme Fortschritte gemacht, sie vertrete nun reifere Meinungen! Kein Wunder! Denn sie liest sich nun in seine Fachgebiete ein, schaut sich im Fernsehen nur noch Dokumentare zu aktuellen Klima- und sonstigen Themen an, vernachlässigt ihr Lieblingsterrain, die Literatur, um sich seinen Fragen zu widmen. Es ist ihr klar, dass sie

Aufholbedarf hat. Und sie möchte auf keinen Fall, dass er diesen Umstand bemerkt! Das wäre fatal! Eventuell ein Grund für ihn, sie fallen zu lassen. Dieser Zustand ist für sie nicht mit Leichtigkeit zu bewältigen! Ihre Aufmerksamkeit unaufhörlich in Anspruch genommen! Ihre grauen Zellen stetig auf Höchstleistung angetrieben! Denn er streift die genannte Materie nicht einfach oberflächlich, nein, er geht stets in die Tiefe! Ihr verbleibt keine Zeit zum Entspannen, zum Auftanken. Sehr anstrengend, eine ständige Herausforderung. Aber sie ist der Meinung, es lohne sich, es sei interessanter und befriedigender als z. B. Sudoku. Derartige Gespräche führe sie sonst mit niemandem. Er hält sie immerfort auf Trab! Ebenbürtigkeit mit ihm, das schafft sie nicht, aber die Assimilation ist ihr ziemlich gut gelungen. Das Resultat bleibt ihm nicht verborgen. Er stellt es offenkundig fest. Ist er stolz auf sein Werk? Immer doch! Er kennt seinen Einfluss auf sie. Und sie? Ist wie eine Modelliermasse in seinen Händen! Begehrt nicht auf! Gleicht sich ihm an. Ordnet sich ihm unter. Ist ihm womöglich bis zu einem bestimmten Grad hörig! In meinen Augen wird es für sie langsam aber sicher gefährlich! Dieses Verhältnis bzw. „Unverhältnis" sagt mir nicht zu! Ohne ein echtes Gleichgewicht kann eine Beziehung nicht funktionieren. Er zollt ihr einfach nicht den erforderlichen Respekt oder die Anerkennung! Und er ist stets auf Genuss aus, seinen eigenen selbstverständlich. Ein profundes Glücksempfinden ist ihm bestimmt fremd."

„Man muss Caroline zugutehalten, dass ihr dies alles gewissermaßen bewusst ist", stellt Sikulda fest. „Sie bleibt ja nicht tatenlos zu Hause auf dem Sofa sitzen. Sie ist unglaublich unternehmungslustig. Was macht sie nicht alles! Sie nimmt an verschiedenen Literaturgruppen teil, d. h. sie liest nicht nur ständig neue Werke, nein, sie informiert sich über die Autoren, das Zeitgeschehen usw. Ihr werdet einwerfen, sie sei flink. Zugestanden! Deswegen hält sie in

7

ihrem Tagesplan nie inne. Sie wandert einmal die Woche ganzjährig in einer Gruppe, trifft sich regelmäßig in einem Damenkränzchen mit alten Bekannten, ist ehrenamtlich in der Flüchtlingshilfe tätig – helft mir weiter, falls ich eine Tätigkeit vergessen haben sollte! Die banalen Dinge des Lebens, wie Einkaufen, Kochen und Putzen lassen wir mal komplett beiseite! Aber das Allerwichtigste ist wohl, dass sie sich selber Gedanken über die ihr noch bevorstehende Zeit macht, nicht in ihrem Alltagstrott stehen bleibt, sondern darüber hinaus tätig wird!"

„Vollkommen richtig", stimmt Verdina zu. „Sie ist rege, schaut sich um, verreist, besucht Vorträge, belegt Kurse, probiert Neues aus, um nicht auf ihrem gegenwärtigen Niveau stehen zu bleiben und um irgendwo eventuell einen ihr zugeneigten, ebenbürtigen Partner ausfindig zu machen. Aber überall sind die Frauen in der Mehrzahl, die Männer träge, kaum aus ihrer Komfortzone herauszubekommen. Genügend unter ihnen fühlen sich dennoch ebenso einsam wie Caroline. Heutzutage macht man sie in den sozialen Netzwerken ausfindig bzw. über Zeitungsannoncen. Es ist ein mühsamer, des Öfteren frustrierender Weg. Eins muss man anmerken: Bei all ihren Begegnungen verhielten sich die Männer höflich, korrekt, seriös, respektvoll. Der Grund ist glasklar: Man steht auf der gleichen Ebene; verfolgt das gleiche Ziel, einen Partner zu finden, schlussendlich der Einsamkeit zu entkommen. Eine Ausnahme steht fest: Unser Professor! Was stimmt denn nicht zwischen den beiden? Treffen sich nun schon seit fast einem Jahr regelmäßig und es besteht kein Vorwärtskommen in der Beziehung. Irgendwo ist etwas faul, nur wo? Ich habe ihr schon gesagt, er habe bestimmt eine andere oder vielleicht gar mehrere nebenherlaufen. Jede einzelne Frau befriedigt seine Bedürfnisse auf einem bestimmten Gebiet. Eine einzige reicht nicht aus. Aber Caroline will mir keinen Glauben schenken, die Utopistin! Irgendwann erfolgt bestimmt das böse

*Erwachen!"*

# Der Urlaub

Täglich schickte er ihr Fotos, auch kurze Texte. Anrufe fielen ebenfalls nicht aus. Sie freute sich, dass er an sie dachte. Er handelte wie versprochen. Meldete sich, zeigte ihr sein Interesse an ihr.

Im Grunde genommen war sie enttäuscht gewesen, als er ihren Vorschlag, mit ihm in Urlaub zu fahren, höflich ablehnt hatte.

*„Wohin geht es denn diesmal?"*, fragte Caroline den Professor einige Wochen vor dem Abreisedatum.

*„Eventuell in die Sächsische Schweiz. Ich war noch nie dort. Die Gegend ist berühmt, das brauche ich dir nicht zu sagen. Ich möchte dort gerne einige Tage wandern."*

*„Da könnte ich ja mitkommen! Ich kenne sie auch nicht, obwohl ja meine Tochter seit mehreren Jahren in Dresden wohnt. Ich war nur einmal mit ihr in der Bastei. Im Winter! Bitterkalt und einige Strecken waren wegen Eisglätte gesperrt. Dann könntest du endlich Petra und ihren Freund Herbert kennenlernen. Natürlich auch meinen Enkel Johannes. Und Dresden würden wir dir als Insider vorstellen! Das wär' doch was, oder?"*, lud Caroline sich freimütig selber ein.

*„Danke für dein Angebot. Ich weiß es zu schätzen. Ich werde es in Betracht ziehen."*

Damit war das Thema beendet gewesen. Vorläufig. Denn einige Tage später widersprach er seiner gemachten Aussage.

*„Eventuell fahre ich im Urlaub in den Norden. Besuche dort meine Verwandtschaft, die ich schon lange vernachlässigt habe. Muss ja den Kontakt aufrechterhalten."*

Caroline enttäuscht. Also doch keine Möglichkeit, ihn nach der ein Jahr währenden Bekanntschaft ihrer Familie, ihren Liebsten vorzustellen. Sie trafen sich ungefähr einmal die Woche, telefonierten fast täglich. Vor jeder Begegnung zersprang ihr fast das Herz vor Freude. Liebte sie ihn? Sie wusste keine Antwort, aber er gehörte nun zu ihrem Alltag. Ohne ihn wären die Wochen trotz ihrer vielen anderweitigen Beschäftigungen glanzlos verlaufen. Jeder Tag mit ihm erhellte ihr Gemüt, obgleich die gemeinsamen Unternehmungen sich auf das Wandern begrenzten. Sie schafften beide problemlos 1.000 Höhenmeter, sowohl den Berg hinauf wie hinunter. Er mit seinen inzwischen 77 Jahren, sie mit 74. Sie gingen ebenbürtig, genossen die Aussichten und vor allem die Tatsache, dass sie den Gipfel in einer guten Gehzeit erreicht hatten. Das Elbsandsteingebirge wäre von beiden leicht zu meistern gewesen. Dann folgte allerdings die wahrlich kalte Dusche für Caroline. Drei Tage vor dem angesetzten Termin.

„*Wo geht es denn nun am Sonntag endgültig hin?*", fragte Caroline ihn in ihrer direkten Art.

„*In die Sächsische Schweiz*", ertönte es in Carolines Ohren. Fast hätte sie sich beim Essen verschluckt. Hatte sie richtig verstanden?

„*Das ist doch nicht dein Ernst, oder? Fährst du denn alleine?*", gelang es ihr hervorzubringen.

„*Nein, ich fahre mit einem Freund.*"

„*Ach, mich wolltest du nicht als Begleitung bei dir haben, aber einen Kameraden schon! Das werde ich mir merken! Und mit welchem Auto fahrt ihr, mit seinem oder deinem?*"

„*Nein, mit meinem. Es muss ja für solch eine lange Fahrt komfortabel sein.*"

Somit war die Unterhaltung bezüglich des Ziels ad acta gelegt. Er entschuldigte sich nicht, gab nicht die Ursache für seine Ablehnung ihrer Gegenwart während des Urlaubs an, wich wie üblich einer Erklärung seiner Beweggründe aus. Caroline blieb nichts anderes übrig, als seine Handlungsweise zu akzeptieren. Wie sie es sich zur Gewohnheit gemacht hatte, all seine Taten anzunehmen, ohne Aufbegehren, ohne

Nachfragen, ohne Forschen.

Über WhatsApp erhielt sie regelmäßig Bilder von ihm; seine Zeilen sog sie in nervöser Erwartung und Erregung ein; strahlte über das ganze Gesicht bei jeder neu erhaltenen Nachricht. Um sieben Uhr morgens schaltete sie das über Nacht ausgeblendete Handy beim Aufstehen wieder ein. An einem Mittwoch, das erste Bild, er vor einer Art Höhle. Aber das zweite! Sie schaute es sich genauer an! War das ein Mann oder eine Frau? Nein, eine Frau! Äußerst schlank, älteres Semester, kerzengerade stehend, auf ihre Wanderstöcke gestützt, im Vollbild, erhobenen Kopfes, ihre Augen mit einer Sonnenbrille getarnt direkt auf den Fotographen schauend. Eindeutig für ihn in Positur gestellt. Was sollte dieses Foto bedeuten? Es war kein zufälliger Schnappschuss von einer unbekannten Wanderin, das stand für Caroline fest! Unbestreitbar seine Begleiterin! Keine männliche, sondern eine weibliche Urlaubsgefährtin! Seine Lüge fiel Caroline wie Schuppen von den Augen! Wut stieg in ihr auf! Aber vorsichtshalber besah sie sich die Aufnahme noch einmal. Es bestand kein Zweifel! Obwohl es sich nicht um eine Schönheit handelte, war es entschieden eine Frau. Absichtlich hatte er unmöglich dieses Bild versenden wollen. Nein, es rührte von einem Versehen. Je mehr Caroline nachdachte – und die Zeit dazu nahm sie sich, um dieses unverständliche, verworrene Rätsel zu lösen –, desto klarer formte sich seine Situation in ihrer Vorstellung.

*„Jedem Dieb, jedem Kriminellen unterlaufen Fehler. Warum also nicht auch ihm? Es fällt ihm bestimmt schwer hinter dem Rücken seiner Kameradin, Nachrichten an die „Andere", also an mich, zu versenden. Die „Eine" soll ja von der „Zweiten" nichts erfahren. Ein nicht leicht zu bewältigendes Unternehmen, ein gewagtes Versteckspiel. Er befand sich in Eile und tippte zu schnell auf das besagte Bild, das ihn verraten sollte. Peinlich, peinlich! Aber so geht es halt den Doppelspielern, den Menschen, die immer auf der*

Gewinnerseite stehen wollen, sich berechtigt fühlen, alles für sich in Anspruch nehmen zu dürfen. Ohne Rücksicht auf die Gefühle des anderen, auf die Konsequenzen für ihn. Ein Egoist halt. Denkt nur an seine Vergnügungen. Und was nun? Wie soll ich vorgehen? Wie eine beleidigte Leberwurst? Ich blockiere ihm erstmal die Kommunikation per WhatsApp. Ja, das mach ich jetzt."

Gesagt, getan. Aber den ganzen lieben Tag lang kreisten ihre Gedanken nur um ihn.

„Verwunderlich ist es natürlich nicht. Ich habe ihm ja nicht getraut. Deswegen wollte ich auch kein Verhältnis mit ihm eingehen. Seiner sicher war ich mir nie. Was empfindet er für mich? Besitzt er überhaupt die Fähigkeit zu lieben? Hat er ein Herz? Und dann noch an der richtigen Stelle? Ich bezweifle es. Mit dieser Frau verbindet ihn eine langjährige Beziehung. Die hat er nicht erst gestern kennen gelernt. Er würde nicht mit einer flüchtigen Bekanntschaft eine Woche oder zehn Tage gemeinsam wegfahren. Nein, da steckt mehr dahinter. Wie soll es aber mit uns beiden weitergehen? Auf der einen Seite hasse ich ihn, möchte nichts mehr mit ihm zu tun haben. Ihn aus meinem Leben entfernen. Denn er hat mir weh getan. Sehr sogar. Befindet er sich in der zweiten Pubertät? Sein Verhalten entspricht nicht dem eines erwachsenen, reifen Mannes. Will er nicht wahrhaben, dass er ein Senior ist, ein alter Mann auf gut Deutsch, dass ihm vielleicht nur noch einige, wenige Jahre in guter Gesundheit verbleiben? Verschließt er die Augen vor der Wirklichkeit? Wie kann man nur so vermessen, so verblendet sein! Ein wenig Träumerei mag ja schön sein. Aber diese Zweigleisigkeit übertrifft jeden Realitätssinn", sinnierte die enttäuschte, zerstörte Caroline vor sich hin.

Derweil erwartete sie stündlich, eigentlich minütlich seinen Anruf. Da war ja die Möglichkeit eines normalen Telefonats per Handy oder über die Festnetznummer vorhanden. Diese zwei Türen standen ihm offen, zur

Verfügung als Mittel für eine Aussprache, die sie herbeisehnte. Aber es tat sich nichts. Und die Tage verliefen für Caroline grauenvoll. Einerseits litt sie unter der Schmach, andrerseits sehnte sie sich nach ihm. Sie war hin- und hergerissen. Was konnte er ihr schon sagen? Verdiente er Vergebung von ihrer Seite? Auf keinen Fall, denn er hatte sie unmissverständlich angelogen, ihr Ehrgefühl mit Füßen getreten, keinerlei Respekt gezollt. Aber ohne ihn, ohne seine Gespräche, seine Gegenwart war ihr Leben leer. Sie brauchte ihn wie eine Droge, erlebte heftige Entzugserscheinungen bei seinem Wegbleiben.

„Was soll denn das? Wo bleibt mein Selbstwertgefühl? Habe ich mich nun komplett aufgegeben? Ich schäme mich vor mir selber! Also, Kopf hoch!", ermahnte sich Caroline selbst. „Ich habe ihm ja nie richtig über den Weg getraut. Er machte mir Avancen, gab mir zu verstehen, dass er mich gerne hatte, mich auch brauchte, aber den endgültigen, dezisiven Schritt machte er nie! Ließ mich stets im Ungewissen, in der Nebulose. Hielt mich an einer unsichtbaren Schnur, gab mich nicht frei, packte aber auch nicht zu. War es eine Taktik? Macht er das mit mehreren Frauen gleichzeitig? Aus Spaß oder aus der Unfähigkeit heraus, wirkliche Empfindungen für jemanden zu hegen? Ich wurde all diese Monate hindurch nicht schlau aus ihm. Ich wünschte mir ja immer, ihn mit einer anderen zu erwischen, in flagranti. In einem intensiven Kuss auf die Lippen seiner Geliebten versunken. Somit hätte ich endlich einen Beweis in der Hand gehabt. Denn mein Verdacht war vorhanden. Und gleichzeitig die Hoffnung, eine weitere existiere nicht, ebenso! Gebannt durch diese Perspektive. Nicht nur auf einem, sondern auf beiden Augen aus freien Stücken blind! Ich wusste, dass es äußerst schwer sein würde, ihn irgendwo in der Stadt anzutreffen. Dass er mir aber das Beweisstück selber, freiwillig, frei Haus zusenden würde, auf den Gedanken war ich natürlich nicht gestoßen! So ein Esel!

*Geschieht ihm recht!"*

Drei qualvolle Tage vergingen ohne ein Lebenszeichen von ihm; keine Nachricht auf dem Anrufbeantworter, kein Anruf von ihm über das immer noch frei geschaltete Handy, sodass sie enttäuscht dem Telefon immer wieder die Zunge ausstreckte. Ihre Art und Weise ihren Frust loszuwerden! Und dann am Samstag, für Normalsterbliche zu einer unglaublich frühen Stunde, um genau 7 Uhr morgens, klingelte das Festnetztelefon. Ein wenig schlaftrunken schwang sich Caroline aus dem Bett und griff zum Hörer. Sie staunte nicht schlecht, als sie seine Nummer erkannte. So lange hatte sie auf seine Stimme gewartet, dass sie nun Unsicherheit aufkommen fühlte, nicht wusste, ob sie standhalten oder einmal wieder seinem Charme erliegen würde.

*„Hallo, Caroline, habe ich dich geweckt?"*, klang es freudig herüber.

Caroline musste sich kurz fangen. Sie riss sich zusammen, fest entschlossen, ihn zur Rede zu stellen, nicht weich zu werden, nicht nachzugeben.

# Franz

Als Caroline nach den ersten sechs Monaten Bekanntschaft mit dem Professor gemerkt hatte, dass sie nicht vorankam, dass sie sich in einer Sackgasse befand, fing sie an, sich nach anderen Möglichkeiten, sprich Männern, umzusehen. Sie war nun, nach fast fünfzigjähriger Ehe, bereits anderthalb Jahre verwitwet; ihre Kinder wohnten in entfernten Städten, besuchten sie hin und wieder oder luden sie zu sich ein. Auch die ältesten Enkel machten sich selbständig auf den Weg zu ihr. Aber da blieben noch die vielen, vielen Tage dazwischen! Das Einsamkeitsgefühl in der Wohnung übermannte, erdrückte sie! Sie sehnte sich nach einer Zweisamkeit, von der sie mit dem Professor weit entfernt war. Ihm schien es zu genügen, einmal wöchentlich mit ihr die Berge zu erklimmen. Mehr benötigte er augenscheinlich nicht. Seine Tage waren mit diversen Tätigkeiten gefüllt; im Sommer nahm der Garten mit Rasenmähen, Blumen und Gemüsepflanzen wie Tomaten und Gurken einige Stunden in Anspruch, aber was er am Wochenende trieb, welchen Beschäftigungen er nachging, davon erfuhr Caroline nichts. Sie rätselte mühsam vor sich hin, wurde aber durch seine kurz gehaltenen Aussagen nicht schlau. Manchmal tauchte einer seiner drei Söhne bei ihm auf. Diese Erwähnung beruhigte sie. Es bedeutete weniger Zeit für eventuelle Treffen mit Damen. Über dieses Thema schwieg er, es sei denn er brüstete sich damit, dass er unaufgefordert die Handynummer von einer flüchtig bekannten jungen Frau erhielt. Er konnte und wollte den Stolz bezüglich seiner Eroberungen nicht verheimlichen. Wo er doch ansonsten sein Streben nach Vertuschung nicht unterdrückte! Fest stand für Caroline, dass er nur die unwichtigen Begegnungen erwähnte, nicht aber jene mit Transzendenz. Letztere versteckte er hinter Schloss und Riegel, verwahrte sie in einem entfernten Nebelreich. Und welche Wirkung seine selbstdarstellerischen Offenbarungen auf seine Begleiterin machten, darum scherte er sich nicht im Geringsten! Lag es womöglich an einem Mangel an Empathie?

Also wandte sich Caroline wieder den Zeitungsannoncen zu. Mit Widerwillen! Es kam ihr vor, als werfe sie sich wie zum Fraß vor die Hunde, als schreie sie laut: *„Schaut her, ich bin zu haben! Wer will mich?"* Im Grunde genommen wollte sie nicht mehr suchen, denn sie hatte ihn ja bereits gefunden. Aber für ein Paar benötigt man zwei Personen. Er war nicht bereit für sie. Er mochte sie, wertschätzte sie, aber an intensiven Gefühlen für sie fehlte es. Wie stand es denn überhaupt mit seiner Fähigkeit zu lieben? War er durch seine Scheidung dermaßen verletzt worden, dass er sich berechtigt fühlte, in jeder und allen Frauen ein willkommenes Spielzeug zu sehen? In dem Falle bestünde keine Grundlage für eine partnerschaftliche Beziehung. Mit ihren literarischen Kenntnissen fühlte sich Caroline an das Schicksal der *Tess of the d'Urbervilles* erinnert. Die hübsche Tess wird von einem angeblichen Cousin, Alec, einem echten reichen Adligen, verführt und geschwängert. Nach dem frühen Tod ihres Babys lernt sie als Milchmädchen auf einem Hof den Praktikanten Angel Care kennen, den sie schließlich heiratet. Als der aus einer streng gläubigen Familie stammende Angel aber von Tess' Fehltritt erfährt, verlässt er sie. Aufgrund der Notlage, in der sich ihre in bitterer Armut lebenden Familienangehörigen befinden, gibt sich Tess wieder Alec als Geliebte hin. Obgleich ihre uneingeschränkte Liebe ihrem Ehemann gilt, treiben sie die Lebensumstände in die Arme eines anderen, den sie geradewegs hasst, so sehr, dass sie letztlich zu seiner Mörderin wird. Caroline schlussfolgert: Die Nichtbeachtung oder Vernachlässigung durch den wahrhaft Geliebten treibt eine Frau zu einem Mann, der ihr unbedeutend ist, für den sie nichts oder kaum etwas empfinden kann. Sie nimmt ihn aus Verzweiflung als Ersatz, wohl wissend, dass er nie die bedrückende Leere wird füllen können. Dies wollte sie selber auf keinen Fall erleben, sah sich dennoch gezwungen, ihre Schicksalsfäden mittels der Lektüre von Zeitungsinseraten in die eigenen Hände zu nehmen.

Sie fand tatsächlich eine brauchbare Annonce und schrieb einen Brief, da weder eine Mailadresse noch eine Telefonnummer angegeben waren. Es dauerte demnach einige Tage, bis sie einen Anruf erhielt. Franz meldete sich:

*„Hallo, Caroline. Danke für dein Schreiben. Ich sehe, du interessierst dich auch für das Theater."*

*„Ja, in den letzten Monaten habe ich einige Stücke angeschaut. Obwohl ich gestehen muss, dass in dieser Stadt die Aufführungen mit Vorsicht zu genießen sind. Die Werke sind meistens nicht wiederzuerkennen. Ich lese deshalb alle Kritiken und Kommentare akribisch durch. Um den Sinn der Handlung zu erfassen. Und dennoch versuche ich, mich nicht von den Journalisten beeinflussen zu lassen. Ich möchte mir meine eigene Meinung bilden – unabhängig von der ihrigen. Deswegen schaue ich mir auch Dramen an, die zerrissen wurden. Und es gelingt mir, meine unabhängige Deutung zu erstellen."*

*„Das ist sehr beeindruckend. Wann könnten wir denn gemeinsam etwas anschauen?"*

*„Just für heute Abend hat man mir zwei Karten geschenkt. Ich habe vergeblich Freundinnen kontaktiert, aber keine hat Zeit. Wenn es dir passt, bekommst du das zweite Ticket."*

*„Ja, wunderbar. Dann sag mir, wo wir uns treffen. Ich komme sehr gerne!"*

So kam es zu der Begegnung mit Franz. Caroline merkte sofort, wie begeistert er von ihr war. Er offenbarte es ihr unverblümt:

*„Als ich dich gesehen habe, war ich hin und weg! Ich muss gestehen, dass ich mich nicht getraut hätte, dich*

*anzusprechen, wenn wir nicht verabredet gewesen wären. Du bist so schön, vornehm, elegant. So toll gekleidet! Ich verehre dich!"*

Caroline, eine schlanke Erscheinung mit dunkelbraunem Haar, grünlichen Augen, fühlte sich sehr geschmeichelt, obwohl ihr die Überschwänglichkeit ihres neuen Verehrers übertrieben und sogar etwas kitschig vorkam. Außerdem zog er sie nicht sonderlich an. Nicht, dass Caroline großen Wert auf das Äußere eines Menschen gegeben hätte, nein, die persönlichen Eigenschaften bedeuteten ihr viel mehr. Er war zwar groß gewachsen, aber sein Bierbauch war nicht zu übersehen. Seine Hände, mit denen er sie immer wieder zu streicheln versuchte, waren rau wie Schmirgelpapier. Obgleich er laut seinem Inserat eine Begleitung für Opern-, Theater- oder Musikveranstaltungen suchte, demnach den Eindruck eines gebildeten Herrn vermittelte, limitierten sich seine durchaus oberflächlichen Kommentare über das gesehene Theaterstück auf ein bis zwei Sätze. Mehr konnte Caroline, die gerne gründlicher über das Gesehene diskutiert hätte, nicht aus ihm herausbekommen. Sie tröstete sich mit dem Gedanken, ihm läge offenkundig mehr an ihrer Person.

In der Pause lud er sie freigebig zu einem Glas Wein ein und auch nach der Vorstellung plauderten sie in einem nahe gelegenen Lokal weiter. Er war Akademiker, Rentner, geschieden, kinderlos und besuchte einen ausgefallenen Kurs. Caroline traute ihren Ohren nicht!

*„Weißt du, ich möchte Laienprediger werden, das Wort Jesu unter die Menschheit verbreiten. In einem Jahr bin ich fertig. Einmal die Woche fahre ich zum Unterricht. Der Pfarrer ist so gelehrt! Ich zeige dir demnächst die Unterlagen, denn ich schreibe fleißig mit! Und, du wirst sehen, ich schreibe gut!"*

Mit einer derartigen Beschäftigung hatte Caroline nicht gerechnet. Aber es kam ihr sehr gelegen, dass ihr Gefährte streng gläubig und somit vertrauenswürdig war.

19

Denn, wie sollte man wissen, wen man vor sich hatte, wen man sich per Zufall mittels Zeitung herausgefischt hatte? Franz befolgte und vertrat also mit Sicherheit moralische Prinzipien; Angst brauchte sie vor ihm bestimmt nicht zu hegen. Sie war erleichtert, denn die Begegnung mit Franz war erst ihre zweite mit einem Unbekannten.

Franz, ein vollkommener Gentleman, fuhr sie im Auto nach Hause. Ihr Einwand, dies bedeute einen riesigen Umweg für ihn und sie könne ganz einfach mit der U-Bahn fahren, mochte er nicht gelten lassen. Welch ein Unterschied zu ihrem Professor! Er hatte sie zwar stets im Auto für die Wanderungen abgeholt und zurückgefahren, aber großzügig war er nie gewesen. Inzwischen hatte sie sich daran gewöhnt und fand es auch besser auf diese Weise. So würde er nie behaupten können, sie habe ihn ausgenutzt, sie habe es auf sein Geld abgesehen. Im Restaurant ließ sie ihn zwar bezahlen, reichte ihm dann ihren Anteil nach, sozusagen, damit er vor dem Kellner sein Gesicht wahren konnte.

Franz wollte in seinem Navi Carolines Adresse eingeben, aber es gelang ihm nicht. Er war ziemlich nervös und ungeschickt. Dies verursachte Unbehagen bei Caroline, die wachen Auges die ihr nicht vertraute Umgebung des abgelegenen Theaters musterte. Und siehe da, es erschien ein großes Straßenschild, aufgrund dessen sie sich perfekt orientieren konnte und Franz das Navi ausschalten hieß. Seine Fahrweise war ruckhaft, dabei hatte er ihr versichert, er besitze die unglaubliche Anzahl von neun Autos.

„Wieso denn das?", fragte sie erstaunt. „Man kann doch nur eins fahren! Genauso wie man nur ein Haus bewohnen kann, vielleicht noch ein zweites als Urlaubsresidenz."

„Ich liebe Autos! Ich werde sie dir zeigen. Natürlich hat man nicht nur die Anschaffungskosten, nein, die Unterhaltung kommt hinzu. Aber du wirst sehen: Eins ist beeindruckender als das andere!"

20

Und er zählte ihr die Marken und Eigentümlichkeiten der verschiedenen Modelle auf, obgleich Caroline sich nicht im Geringsten dafür interessierte und statt seinen Beschreibungen zu folgen, konzentrierte sie sich auf die Route nach Hause. Dort angelangt, erkundigte sie sich höflich, ob sie ihrem Kavalier bei der Eingabe seiner eigenen Adresse im Navi behilflich sein könne. Dass Franz auf dem elektronischen Gebiet nicht gerade sattelfest war, hatte sie ja bereits registriert. Er winkte ab.

„*Typisch Mann!*", dachte Caroline für sich. „*Er wird ja nicht offen zugeben, dass er total überfordert ist. Mehr kann ich nicht tun.*"

Sie verabschiedete sich dankend von ihm und ließ die Erlebnisse des Abends im Geiste Revue passieren.

„*Ich glaube, mit Franz wird es nichts. Er ist mir zu oberflächlich und sein Enthusiasmus für mich geht mir auf die Nerven. Was soll das? Wenn mein Professor doch bloß einen Bruchteil von seinen Gefühlen empfinden würde! Aber nein, die Welt ist ungerecht verteilt! Was der eine zu viel besitzt, fehlt dem anderen zuhauf!*"

Am nächsten Morgen eine WhatsApp-Nachricht. Überschwänglich! Extrem lang! Er hatte selbstverständlich sein Navi nicht bedienen können. In einer Tankstelle habe ihm der junge Angestellte das Gerät eingestellt und daraufhin habe er problemlos nach Hause gefunden. Er schwärmte von der Theateraufführung und der Begegnung mit Caroline. Sie solle doch Karten für ein anderes Stück besorgen. Er komme selbstverständlich für die Kosten von beiden auf. Mehrere Schreiben folgten im Laufe des Tages. Caroline fühlte sich eingeengt, wollte es aber auf einen weiteren Versuch mit ihm ankommen lassen. Also schlug sie ein Drama vor, er akzeptierte freudig, sie kaufte die Tickets im Internet und er holte sie im Auto ab. Die Parkplatzsuche gestaltete sich schwierig.

„*Weißt du, Franz, im Ticket ist die Benutzung der*

*öffentlichen Verkehrsmittel inkludiert. Es ist mir bewusst, dass du wahnsinnig gerne Auto fährst, aber in unseren Innenstädten sind Parkplätze Mangelware. Und einige Meter werden wir trotzdem zu Fuß zurücklegen müssen. Das wird uns nicht erspart bleiben."*

Bei dieser Theateraufführung schlummerte Franz mehrmals ein. Dabei fiel sein Kopf auf Carolines Schulter. Und zwar mit seinem vollen Gewicht. Caroline wagte es nicht, sich zu rühren, obwohl sie sich sehr unwohl fühlte. Einerseits wegen der Schmerzen, die sie langsam verspürte, andrerseits wegen der Zuschauer um sie herum. Sie schämte sich! Das war kein anständiges Benehmen in den vordersten Reihen einer Schaubühne! Franz hatte berichtet, er habe an diesem Tage einiges erledigen müssen; das war kein ausreichender Grund für sein Verhalten.

In der Pause bekam sie wieder ein Gläschen Wein spendiert und er redete mit Begeisterung sowohl über das Werk wie über die exzellenten Schauspieler, als hätte er wirklich die komplette Handlung mit verfolgt. Er hatte ihr diesmal auch seine Unterlagen aus dem Predigerseminar mitgebracht, nebst einem Brief an sie selber, in dem er ihr seine Liebe kundtat. Beide Texte vollauf primitiv verfasst, sodass Caroline sogar daran zu zweifeln begann, dass er einen universitären Abschluss erlangt habe.

Franz meldete sich mehrmals täglich, telefonisch oder per Schreiben. Da der Professor zwar ebenfalls zwischendurch anrief, aber seiner Gewohnheit entsprechend höchstens einmal wöchentlich zu einer Bergwanderung einlud, so traf sie sich des Öfteren mit Franz. Sie gingen essen, ins Café, ins Konzert, alles großzügig auf seine Kosten. Auch Spaziergänge unternahmen sie. Allerdings nicht von langer Dauer! Denn Franz ermüdete rasch, suchte nach einigen hundert Metern bereits die erste Bank auf. Schnaufte und beglückwünschte sich zu seiner Leistung. *„Oh weia!"*, grübelte Caroline. *„Und er möchte mit mir Berge erklimmen,*

*Fahrradtouren bewältigen? Er hat doch gar keine Kondition! Überschätzt sich total!"* Seine fehlende Sportlichkeit kompensierte er damit, dass er sie umwarb, ihr schmeichelte, nicht mit schönen Worten geizte. Somit vermittelte er ihr das Gefühl, begehrenswert und geschätzt zu sein. All das, was sie am Professor vermisste, erhielt sie von Franz. Es tat ihr gut, sie beschloss, diese Situation zu genießen, sie fühlte, sie hätte einen Anspruch darauf.

*„Es ist nicht so, dass ich Franz ausnutzen möchte. Ich gebe ihm ja auch etwas, obwohl es nicht das ist, was er gerne hätte! Er ist auf jeden Fall sehr alleine. Er füllt seinen Tag mit Blödsinn, fährt von A nach B, aber nicht über den kürzesten, logischsten Weg, sondern total kompliziert. Er ist ein Chaot. Da braucht man sich nur das Innere seines Autos anzuschauen. Es liegen Sachen herum, die dort nicht hingehören. Wie sieht wohl seine Wohnung aus? Ich möchte nicht daran denken! Man muss sich da wahrscheinlich erst einen Weg freischaufeln, um sich irgendwo inmitten vieler unaufgeräumter Dinge hinsetzen zu können. Er hat schon recht! In mir hat er die ideale Frau gefunden: Ich bin ordentlich, gut organisiert, systematisch, obendrein schnell. So eine wie mich findet er nicht alle Tage. Aber ich will ihn ja nicht als Partner. Also werde ich es ihm klipp und klar beibringen. Er soll mich nicht mehr anrufen."*

Sie merkte, wie schwer es ihm fiel, sie aufgeben zu müssen. Tatsächlich blieben seine Anrufe ein paar Tage lang aus. Dann meldete er sich wieder. Er halte es nicht aus. Er sei doch so in sie verliebt! Sie trafen sich zum Essen und er zeigte ihr einige Antwortbriefe, die er damals von Frauen auf seine Annonce hin bekommen hatte.

*„Das waren alles Hexen!",* äußerte er. *„Mit dieser hier verabredete ich mich vor einem Kircheingang. Ich fand sie dort aber nicht. Da sie nicht weit entfernt wohnte, fuhr ich prompt zu ihr hin. Sie erfand irgendeine Ausrede und das war es. So eine Frechheit!"*

„Ich würde denken, dass sie zum Treffpunkt gegangen war, sein Aussehen aber nicht attraktiv fand und verschwand", vermutete Caroline, wagte aber keinen Kommentar. Ihr wurde mulmig zumute. „Diese Frau als Hexe zu bezeichnen, einzig und allein, weil sie keinen Gefallen an ihm gefunden hat, das finde ich außergewöhnlich, abgesehen von übertrieben. Im Grunde genommen kommt mir Franz immer bizarrer vor. Er hängt sich an mich wie an einen Rettungsring. Was er aber braucht, das ist ein Therapeut. Psychisch ist er nicht stabil."

Diesen Eindruck verstärkte oder bestätigte Franz beim nächsten Treffen.

„Du würdest mir eine große Freude bereiten, Caroline, wenn du am Sonntag mit mir zur Messe gingest. Den Priester schätze ich sehr und ich wollte ihn um etwas bitten."

„Aber Franz, ich bin keine Kirchgängerin! Nein, wir können uns gerne danach zu einem Spaziergang treffen."

„Ich brauche dich aber dort. Meine Bitte ist folgende: Er soll uns als Paar segnen, damit uns nichts passiert, solange wir nicht verheiratet sind."

Bei diesen Worten quollen ihm die Tränen aus den Augen. Er meinte es ernst! Und Caroline? Musste ihr Entsetzen unterdrücken. Konnte ihm ihr Nein nicht ins Gesicht schleudern. Rang nach milden Ausdrücken, um ihn mit seinem noblen Vorhaben nicht zu kränken. Und immer wieder kamen die Gedanken an den Professor auf. Wenn er ihr diesen Vorschlag machen würde! Aber nein, das war natürlich illusorisch, gehörte ins Land der unverwirklichbaren Träume, die sie sich kaum traute zu erdenken!

„Es ist für so etwas zu früh. Du musst mir Zeit lassen. Jetzt kann ich diesem Schritt nicht zustimmen. Entschuldige! Gedulde dich bitte und verstehe, dass ich einerseits nicht so gläubig bin wie du, andrerseits mit meinen Gefühlen im Reinen sein muss, um dein Angebot anzunehmen."

Sie verständigten sich darauf, dass er gegebenenfalls in der Zukunft auf seinen Antrag zurückkommen sollte. Also gingen sie weiterhin zusammen aus. Nicht genug damit. Er reservierte eine Reise in die Toskana mit ihr. Ohne sie konsultiert zu haben. Über die Gegend hatten sie zwar gesprochen, von einer gemeinsamen Reise war aber nicht die Rede gewesen. Sie war eingeladen. Caroline war es klar, was er damit bezweckte! Ihr würde schon ein Ausweg einfallen. Erst mal überreichte er ihr den Katalog und einen Kunstführer, damit sie sich – sozusagen für beide - einlas. Sie sagte sich: *„Kommt Zeit, kommt Rat! Hoffentlich! Denn das mache ich nicht mit!"*

Einige Tage später fuhren sie nach einem Konzertbesuch zu Caroline nach Hause, d. h. inzwischen überließ er ihr das Autofahren, denn sie fuhr im Gegensatz zu ihm sicherer und vor allem sah sie besser als er. Durch den grauen Star fiel ihm in erster Linie das Fahren des Nachts schwer. Ständig rieb er sich die Augen, schmierte sich ein Augengel hinein, das Caroline ihm geschenkt hatte. Dieses trug er leider mit dem Finger auf, wodurch er sicherlich zusätzliche Schmutzpartikel auf die Retina verteilte. Carolines Hinweise diesbezüglich ignorierte er stur.

Da sie nach dem Konzert noch einen Sekt an der Bar getrunken hatten, war es schon längst Mitternacht, als sie bei Caroline ankamen. Franz holte eine Flasche Sekt hervor und meinte:

*„Lass uns diesen schönen Abend mit einem Gläschen ausklingen."*

*„Oh nein, Franz, es ist schon so spät! Ein anderes Mal. Komm gut heim"*, antwortete ihm Caroline, die bereits den Eindruck bekommen hatte, er wolle sie an diesem Abend mit einem eindeutigen Ziel betrunken machen.

*„Ich muss aber kurz bei dir auf Toilette gehen, bevor ich weiterfahre."*

Dem konnte Caroline nichts entgegensetzen, also

gingen sie in ihre Wohnung. Was trug er aber in der Hand? Ja, die Sektflasche. Caroline blieb hart. Sie wies ihn ab.

Am nächsten Morgen erkundigte sie sich höflich per Nachricht, ob er gut nach Hause gekommen sei. Daraufhin bekam sie eine Tirade an unschönen Ausdrücken an den Kopf geworfen. Sie sei unmenschlich, wie habe sie ihn, der doch so schlecht sehe, in der dunklen Nacht wegschicken können. Seine Reaktion kam ihr enorm übertrieben vor.

*„Tut mir leid, aber du siehst die Welt nur in Schwarz-Weiß. Die Schattierungen dazwischen nimmst du nicht wahr"*, gab sie zur Antwort.

Was nun zurückkam, übertraf Carolines Vorstellungsvermögen. Sie traute ihren Augen nicht! Hatte sie sich dermaßen in Franz getäuscht? Hatte sie sich durch seine Gläubigkeit irreleiten lassen? Durch sein Vorhaben als Prediger das Wort Jesu zu verbreiten, die christliche Nächstenliebe zu praktizieren, diese hohen Ideale hatten sie geblendet. Als er die Briefeverfasserinnen als Hexen bezeichnet hatte, da waren bei ihr leichte Zweifel aufgekommen. Und seine Freundin Margot, die sie auf seiner Geburtstagsparty kennen gelernt hatte, hatte offen ihre Bedenken bezüglich seiner Güte geäußert:

*„Ich teile nicht deine Meinung. Für mich ist er nicht der Gutmensch, als den er sich darstellt. Wir kennen uns schon so lange! Ständig erscheint er unangemeldet bei uns. Wir sitzen beim Essen und ich lade ihn natürlich hinzu. Er könnte ja mal etwas vorbeibringen. Aber nein! Er ist ein Geizhals! Dann brüstet er sich wieder damit, dass er mir im Secondhandladen ein Kostümchen für 40,- Euro kauft. Er weiß genau, in welch prekärer finanziellen Situation mein Mann und ich uns befinden. Ich bin nun vierzig Jahre alt und habe immer noch nicht den Führerschein machen können, denn uns fehlen die Mittel dazu, aber hier abseits von der Großstadt bedeutet Autofahren schlicht und einfach Unabhängigkeit! Ein Auto haben wir ja. Franz könnte mir*

*das Geld vorstrecken und wir würden es langsam aber sicher zurückzahlen. Wer reagiert nicht auf meine Bitten, obwohl ich ihn schon ein paar Mal darauf angesprochen habe? Du musst wissen: Ich ertrage einiges von ihm, z. B. seine nicht gerade umwerfend interessanten Geschichten; auch mehrmals die gleichen! Du hast bestimmt ähnliche Situationen mit ihm erlebt, oder? Ich übe mich in Geduld.“*

*„Warum liest du ihm nicht die Leviten? Warum erträgst du seine Gesellschaft, wenn er dich auch noch langweilt?“*, fragte Caroline verwundert zurück.

*„Weil ich ihn im Grunde genommen doch mag. Wenn man sich so lange kennt wie wir, wenn man die Macken des Anderen einmal akzeptiert hat, dann macht man eben weiter.“*

*„Vielleicht möchte Margot ihn nur ausnutzen, gibt die Freundschaft nicht auf, weil hin und wieder doch etwas für sie abfällt. Nicht gerade eine ethische Einstellung“*, mutmaßte Caroline. *„Auf jeden Fall habe ich jetzt genug von Franz. Ich blockiere das WhatsApp. Ich möchte nun endgültig nichts mehr mit ihm zu tun haben. Diese Wortwahl in seiner Textnachricht ist nicht tolerierbar. Sie bedeutet das Ende. Hoffentlich ohne Nachwehen!“*

Somit herrschte ein wenig Stille an Carolines Handy. Aber sie traute der Ruhe nicht. Sorgfältig beobachtete sie die parkenden Autos vor ihrem Gebäude. Sie fürchtete, dass Franz einfach in Erscheinung treten würde. Abends ließ sie frühzeitig die Rollläden herunter; das gab ihr das Gefühl der Sicherheit. An einem Nachmittag klingelte es bei ihr. *„Bestimmt DHL mit Paketen für die Nachbarn! Wie so oft!“*, dachte sie und öffnete nichtsahnend die Tür ihrer Wohnung. Franz stand davor. Sie unternahm den Versuch, die Tür sofort wieder zu schließen, aber er drückte sie einfach zurück, und zwar so heftig, dass Caroline sich an der Klinke stieß. Sie zuckte vor Schmerz zusammen, wankte zurück, denn er trat mit Gewalt und Wucht in die Wohnung. *„Wieso habe ich die Kette nicht davorgeschoben, bevor ich die Tür öffnete! Und* *durch den Spion hätte ich auch vorerst schauen sollen! Zu spät!"*, schossen ihr die Gedanken durch den Kopf.

*„Ich komme meine Sachen holen. Mein Buch über die Toskana und meine Unterrichtsunterlagen. Zuerst benutze ich noch mal deine Toilette"*, informierte er sie barsch und schon hatte er das Bad betreten.

Seine Habseligkeiten lagen zusammengepackt im Regal, denn Caroline hatte sie per Post an seine Adresse schicken wollen. Nun nahm sie sie schnell und legte sie hinaus in den Hausflur. Als er das Bad verließ, zeigte ihm Caroline seine Sachen. Während er sie auf ihre Vollständigkeit kontrollierte, schloss Caroline rapide die Tür, drehte den Schlüssel um und ließ alle Rollläden herunter, obwohl es noch helllichter Tag war! Sie zitterte am ganzen Leibe und setzte sich erst mal tief durchatmend hin. *„So, das Thema wäre erledigt!"*, wagte sie nach einer Weile zu denken. *„Es besteht kein Grund mehr dafür, dass er sich wieder bei mir blicken lässt!"*

Und dennoch! Der Schubs an der Tür, der blaue Fleck an ihrer Hand, sein ganzes Vorgehen versetzte sie in Angst. *„Wie wäre es mit einem Selbstverteidigungskurs!"*, überlegte sie kurzerhand. *„Ich habe ja festgestellt, dass ich überhaupt keine Kraft habe! Ich stehe chancenlos vor einem Koloss wie Franz, aber wahrscheinlich vor jedweden Mann! Und zu einem Messer oder Stock kann ich einfach nicht greifen! Es liegt mir fern! Also los, im Internet nachschauen."* Es stellte sich heraus, dass die angebotenen Kurse fernab von ihrer Wohnung stattfanden. Das entmutigte sie. Aber eins lernte sie durch die Erläuterungen: Als erstes sollte im Kurs die Angst vor dem Zugreifen, der Abbau einer Schlaghemmung genommen werden. Genau Carolines Problem, demnach eher der meisten Frauen. Statt der Opferrolle das Erlernen der Kontrolle der Ängste oder das Bewahren eines klaren Kopfes sowie die Einnahme eines selbstbewussten Auftretens. *„Das alles täte mir gut. Das alles bräuchte ich. Aber..."* Und sie unternahm nichts.

So einfach wie Caroline es sich vorgestellt hatte, verliefen die folgenden Wochen aber nicht. Immer wieder klingelte ihr Telefon von verschiedenen Nummern aus, immer wieder Franz' Stimme. Angewidert legte sie sofort auf. Er entwickelte sich zum Stalker! Sie fühlte sich belagert, vielleicht beobachtet, ausspioniert. An einem Sonntag saß sie an ihrem Schreibtisch am Computer, da es warm war, bei offener Terrassentür zum Gärtchen. Vom Bürgersteig war dieses nur durch eine zugezogene Seitenmarkise abgetrennt bzw. abgesichert. Auf einmal sah sie, wie sich eine kräftige männliche Figur zwischen Markise und Hecke hindurchzwängte und auf ihre Terrasse zumarschierte! Sie sprang von ihrem Stuhle auf und verschloss die Türe, indem sie auch noch den Schlüssel zweimal umdrehte. Denn es war Franz, der sich ihr mit großen Schritten und voller Inbrunst näherte! Ihr Herz begann zu rasen! Es dauerte glücklicherweise nicht lange und er wandte sich ab, als er merkte, dass die Tür abgesperrt war. Schimpfend, fast brüllend verließ er daraufhin ihr Terrain. War die Gefahr vorbei? Sie konnte es nicht abschätzen. Nachdem sie nun auch die Wohnungstür vorsichtshalber verriegelt hatte, ging sie durch ihre Zimmer, um zur Ruhe zu finden. Dabei schaute sie konstant durch alle Fenster, falls jemand auftauchen sollte. Eine Stunde später traute sie sich ins Gärtchen, um die Markise zuzumachen. Sie ließ sie in der Nacht nie im offenen Zustand, ein aufkommender Wind hätte sie zerreißen können. Eingeschüchtert schaute sie auf die Straße. Normale Verhältnisse. Dann richtete sie ihren Blick auf den Balkon ihrer Nachbarn, jener, die stets direkten Einblick in ihr Wohnzimmer genossen. Ihre Wohnung war nicht durch Gardinen vor der Neugierde Fremder geschützt. Caroline hasste nämlich Vorhänge, fand hingegen Rollläden als Schutz während der dunklen Stunden äußerst praktisch. Die Anwohner, ein junges Ehepaar mit einem Kind, hatten die schlechte Angewohnheit des Rauchens. Dafür betraten sie mehrmals am Tage ihren Balkon. Und was blieb ihnen anderes übrig, als vor sich hin zu sehen, d. h. Carolines Wohnung minutiös zu beobachten! Sie taten es bestimmt nicht absichtlich. Sie war das, was ihnen zu Füßen lag. Und Caroline gelangte zu dem Schluss, dass sie eines Tages sicherlich ihre Biografie niederschreiben könnten, denn niemand kannte sich mit ihren Lebensgewohnheiten besser aus als sie. Sie wussten, wann sie aufstand, wann sie ihre gymnastischen Übungen vor dem Fernseher verrichtete, wann sie die Mahlzeiten zu sich nahm, wann sie Besuch empfing, wann sie im Urlaub verweilte usw. Was sie natürlich nicht wissen konnten, waren ihre Unternehmungen außerhalb der Wohnung, obwohl die auf der Terrasse aufgehängten nassen Badeanzüge eindeutige Hinweise auf einen See- oder Schwimmbadaufenthalt gaben, während die zum Lüften hingestellten Wanderschuhe Schlüsse auf eine Wandertätigkeit ziehen ließen. Und tatsächlich stand Stefan, Zigarette in der Hand, auf seinem Balkon und grüßte Caroline, die sich unverzüglich der Trennungshecke näherte.

*„Der Herr war ganz schön wütend! Er fluchte unentwegt und sah sehr grimmig aus! Aber er begab sich schnurstracks zu seinem Auto und verschwand. Sie können sich jederzeit an mich wenden, wenn Sie Hilfe brauchen",* offenbarte ihr Stefan.

Dass auch noch die Nachbarschaft von skurrilen Besuchern bei ihr erfuhren, missfiel Caroline außerordentlich. *„Welches Bild werden sie sich von mir machen? Noch eine lustige Witwe mit Nachholbedarf? So werden sie womöglich denken",* grübelte sie und unternahm die Flucht nach vorn:

*„Der Herr hat wohl ein psychisches Problem. Ein Glück, dass er gleich weg war! Aber wissen Sie, heute Morgen ist noch etwas anderes vorgefallen. Ich saß im Wohnzimmer und sah einen kleinen Jungen, der verstohlen in mein Gärtchen eintrat. Schnell verschwand er da vorne*

hinter der Hecke. Und was tat er? Ja, er pieselte! Bis ich, zur Furie gewandelt, hinausgeeilt war, hatte der Fremde schon den Bürgersteig erreicht. An der Ecke weiter vorne stand seine Mutter, ebenso dunkelhäutig wie er selber, mit einem Baby im Kinderwagen. Sie wartete offensichtlich auf ihren Sohn. Sie reagierte sehr schlau: Sie schimpfte in ihrem schlechten Deutsch ihr Kind aus. Er solle so etwas nie wieder tun usw. Somit war ich ruhiggestellt. Ich konnte und brauchte nichts hinzuzufügen. Sie hatte für uns beide gesprochen. Meine Rolle gleich mit übernommen. Wahrscheinlich hat sie sich innerlich über mich totgelacht! Denn sie wusste ja genau, was ihr Sohn hinter der Hecke verrichtete. Sie hatte ihn wohl dorthin geschickt. Aber ansonsten habe ich, abgesehen von stolzen Katzen, oftmals mit einer gefangenen Maus im Maul, Eichhörnchen und Krähen keine unerwünschten Gäste vor meiner Terrassentüre gehabt. Toi, toi, toi!"

Nach diesem kurzen Gespräch kehrte sie in ihre Wohnung zurück. Sie war sich sicher, dass nun der Spuk um Franz ein Ende gefunden hatte. Aber ein kleines Nachspiel gab es dennoch: Sie entdeckte in der Zeitung ein Inserat von einem „vermögenden Herrn, der die Begleitung einer Dame für Theaterbesuche usw. suchte." „Das ist er bestimmt!", entglitt es Caroline. „Er wird sich vor Antworten nicht retten können, denn auf einen reichen Mann werden sich die Damen hemmungslos stürzen! Viel Vergnügen!"

# Let's dance!

Eines Tages unterbreitete der Professor Caroline eine für sie ungewöhnliche Bitte: *„Du bist ja Geisteswissenschaftlerin, kannst dich gut ausdrücken. Würdest du einen Text durchlesen, den ich über die wirtschaftlichen Zusammenhänge in unserem Lande geschrieben habe?"* Caroline erkundigte sich, an welchen Leser bzw. welche Leserschaft er sich damit richte. Seine Intention war die Veröffentlichung in einer bekannten überregionalen Tageszeitung. Ob als Leserbrief oder Artikel, forschte sie weiter nach. Das müsse der Herausgeber selber entscheiden.

Per Mail erhielt sie das sechzehn Seiten umfassende Dokument. Ihre erste Reaktion war jene der Ablehnung! Denn diese Länge sprengte jeden Rahmen; als Leserbrief war es in der Presse nicht druckbar. Und obendrein dieser Satzbau, sein Stil! Sie entlarvten geradewegs den Techniker. Es stand ihr nicht nur eine riesige Arbeit bevor, sie befürchtete bei einer gewissenhaften Korrektur den Bruch mit ihm. Wie könnte sie ihm ihre Verbesserungsvorschläge schmackhaft machen, ohne ihn zu beleidigen, ohne seinen Stolz als Akademiker zu verletzen?

Da sie jahrelang an Universitäten Übersetzungskurse gehalten hatte, war sie das Korrekturlesen gewöhnt. Wer sich aber nicht an ihre Berichtigungen gewöhnen konnte, das waren ihre Studenten gewesen. Die Ursache dafür lag an Carolines Gründlichkeit. Die Arbeiten der Lernenden waren nämlich am Semesterende mit genauso vielen intensiv rot angestrichenen Anmerkungen versehen wie am Anfang des Studiums. Caroline ließ nie nach. Sie schraubte die Anforderungen im Laufe der Wochen immer höher, erwartete immer bessere Ergebnisse. Für die Studierenden nicht unbedingt eine nachvollziehbare Vorgehensweise. Die sich aber lohnen sollte, wie einige Dankesschreiben von ihnen an

Caroline später beweisen sollten. Erst im Berufsleben verstanden sie die positiven Auswirkungen von Carolines hoch angesetztem Maßstab. Wie würde aber die Reaktion des Professors beim Anblick ihrer häufigen Veränderungen ausfallen?

Caroline nahm sich die erste Seite vor. Bei manchen Formulierungen stockte sie; erst bei nochmaliger Lektüre verstand sie die Aussage des Autors. Ergebnis: Die Farbe Rot, in fast jeder Zeile mehrmals vertreten, dominierte. Unmöglich, dem Professor den Text dermaßen verunstaltet vorzulegen. Am Nachmittag erhielt sie Besuch von einer sehr kritischen Freundin. Als sie ihr das Problem schilderte und zugleich die Neuversion flüchtig vorzeigte, reagierte Verdina mit Entsetzen: *„Auf keinen Fall darfst du sie ihm so übergeben! Das musst du gewaltig abmildern! Sonst siehst du ihn nie wieder!"*

Caroline änderte ihre Strategie. Sie rief den Professor an: *„Wir stammen aus verschiedenen Branchen. Das bedeutet, dass ich eine ganz andere Art des Formulierens anwende und wir kommen nicht auf die gleiche Ebene. Sei mir nicht böse, aber das Beste ist, ich lasse es bleiben."*

*„Genau aus dem Grund wollte ich ja, dass du den Entwurf liest. Ich weiß, wie trocken mein Stil wirkt. Ich würde mich über deinen Einsatz sehr freuen!"*

Caroline beschloss, die erste Seite noch einmal zu überarbeiten, ihre hoch gesteckten Ziele zu mäßigen. Und schickte ihm ihre Neufassung begleitet von den Worten: *„Das ist ein Formulierungsvorschlag. Wenn er dir nicht zusagt, dann bin ich nicht beleidigt. Vielleicht kann jemand anderes einspringen."*

Eine Stunde später sein Anruf: *„Ich finde es ganz toll, wie du das machst! Ohne viel Aufwand, ohne meine Sätze zu dekonstruieren, schaffst du es, den Text in Fluss zu bekommen. Er liest sich nun ganz anders! Bravo! Mach doch bitte weiter."*

Mit solch einer positiven Reaktion hatte Caroline nicht gerechnet! Sie war nun aufgefordert, an der ihr üblichen Arbeitsweise festzuhalten. Der Zeitaufwand betrug immerhin eine Stunde pro Seite! Sie nahm diese Aufgabe als Herausforderung an. Seit Jahren hatte sie nicht mehr Korrekturen dieser Art durchgeführt. Nun wollte sie den Professor mit ihrer Gewissenhaftigkeit beeindrucken. Bisher hatte sie nur mit ihrer Sportlichkeit punkten können. Bei den Bergtouren wanderten sie im Gleichschritt, obwohl es zu erwarten gewesen wäre, dass er dank seiner Beinlänge schneller ginge. Hier passten sie also gut zueinander. Mit ihrer rasanten Auffassungsgabe und ihren spitzfindigen Antworten hatte sie ihm gefallen, wenn nicht sogar imponiert. Nun öffnete sich für sie ein neues Betätigungsfeld, in dem sie entweder brillieren oder versagen würde.

Sie sandte ihm nun die Seiten einzeln je nach Fortschritt. Sein Lobgesang war nicht aufzuhalten! Was ihm am besten zusagte, war die Tatsache, dass sie korrigierte, ohne umzuändern. *„Das ist eine wahre Kunst!"*, staunte er. *„Wie viel bin ich dir schuldig?"*, fragte er sie nach vollendetem Werk. Da sie eine Bezahlung ablehnte, er aber darauf bestand, sich revanchieren zu wollen, schlug sie einen Tanzabend vor. Sie wusste nämlich, dass er ein guter, sogar begehrter Tänzer war. Sie hatte die letzten Jahre über nicht die Gelegenheit gehabt, eine Tanzfläche zu betreten. Somit war ihre Freude umso größer.

Am vereinbarten Abend wollte sie attraktiv, wenn nicht sogar ein wenig sexy aussehen. Sie durchstöberte ihren Kleiderschrank, probierte verschiedene Röcke an, kombinierte mit auffälligen Blusen, bis sie endlich zufrieden war, die richtige Zusammenstellung ausfindig gemacht hatte, reizvoll, aber zugleich elegant. Mit Schminke wusste sie nicht umzugehen, es blieb bei der üblichen Wimperntusche. Die musste genügen. Sie trafen sich in der Stadt und betraten gemeinsam einen schicken Nightclub mit Livemusik.

Nachdem sie sich einen Drink bestellt hatten, begannen sie zu tanzen. Sie fühlte sich wohl in seinen Armen, an seinen Körper geschmiegt. *„Dieser Zustand soll nicht aufhören"*, dachte sie, aber schon nahm er ihre Hand, schob sie sachte von sich, damit sie sich drehte, mal nach links, mal nach rechts. Das passte ihr partout nicht! An den Pirouetten lag ihr überhaupt nichts! Endlich dicht an dicht mit ihm, endlich seine unmittelbare Nähe spüren, darauf wollte sie nun nicht verzichten! Beim Tanzen war es nicht nur erlaubt, sondern es verstand sich von selbst, dass man sich nahekam, ohne aufdringlich oder unverschämt zu wirken. Und nun sollte sie gewonnenes Terrain unfreiwillig aufgeben? Verstand er sie nicht oder wollte er sie nicht verstehen?

Als die Musik schwungvoller wurde, tanzten sie getrennt voneinander. Dabei merkte sie, dass es ihm an Rhythmus fehlte. Sie hingegen befand sich in ihrem Element. Dass sie durch ihre geschmeidigen Bewegungen Blicke auf sich gezogen hatte, sollte ihr beim Gang zur Toilette offenbar werden. Im Vorbeigehen näherte sich ihr ein junger, vielleicht fünfunddreißig-jähriger Mann und raunte ihr zu: *„I liked your dancing!"* Sie bedankte sich und ging weiter. Auf dem Rückweg zu ihrem Platz noch einmal der Tourist: *„You dance so nicely!"* Diesmal antwortete sie überhaupt nicht! Was wollte dieser Jüngling mit einer älteren Dame? Zugestanden, sehr hell waren die Räumlichkeiten nicht, aber der Altersunterschied war dennoch bestimmt sichtbar genug. Hatte er eventuell zu viel getrunken? Von ihrem Professor hingegen bekam sie keine Lobesworte bezüglich ihres Tanzens zu hören. Wahrscheinlich, weil er sich seines eigenen Tanzvermögens so sicher fühlte. Komplimente gehörten nicht zu seinen Stärken. Er geizte gerne mit ihnen – zu Carolines großem Leidwesen.

Nun erwartete Caroline eine Überraschung! Während ihrer kurzen Abwesenheit hatte er auf seinem Handy nach der letzten Verbindung mit einem öffentlichen Verkehrsmittel zu sich nach Hause gesucht. Um ein wenig Alkohol trinken zu dürfen, hatte er an diesem Abend auf sein Auto verzichtet. *„Ich muss mich jetzt leider auf den Weg machen"*, gestand er ihr. *„Was machst du? Bleibst du noch eine Weile oder fährst du auch heim?"* Große Enttäuschung für Caroline. Kaum ein paar Stunden zusammen, wollte er sie bereits verlassen! Verzichtete lieber auf ihre Gesellschaft als auf einige Tropfen Alkoholika. Sie sah sich um. Am Nebentisch eine Gesellschaft aus mehreren Frauen bestehend, die offensichtlich einen Geburtstag mit viel Sekt feierten und ständig miteinander tanzten. Zu ihnen würde sie sich auf der Tanzfläche gesellen. Niemandem würde auffallen, dass sie alleine dort saß. Sie blieb. Aus Trotz, aus beleidigtem Stolz, aus Wut; um ihre nochmalige Niederlage mit dem Professor überhaupt verkraften zu können. Er bezahlte die Rechnung, bedankte sich bei ihr für den schönen Abend und verschwand.

Immer wieder tanzte sie inmitten der Damengruppe, die sie mit Selbstverständlichkeit in ihrem Kreis aufnahm. Gegen zwei Uhr morgens beschloss sie zu gehen. Auf dem Weg zur Garderobe sprach sie ein Herr an: *„Sie gehen schon? Ich hätte gerne mit Ihnen getanzt. Ich habe sie beobachtet. Sie bewegen sich sehr rhythmisch!"* *„Noch ein Verehrer, immer nur die verkehrten!"*, urteilte Caroline. *„Es ist spät geworden. Ja, ich fahre heim"*, gab sie dem netten Herrn zur Antwort. *„Schade. Vielleicht ein anderes Mal!"*

Nachdem sie den Mantel angezogen hatte, traf sie vor der Eingangstür des Lokals nochmals auf den besagten Herrn. Er war eher kleinwüchsig, gut gekleidet, gehörte wohl zu den Stammgästen der Bar. Als er bemerkte, dass sie sich zur U-Bahnhaltestelle begab, bot er an: *„Schauen Sie, hier steht mein Wagen. Ich fahre sie gerne nach Hause. Um diese Uhrzeit sollten Sie nicht alleine in der U-Bahn unterwegs sein."* Er stand rauchend vor einer dicken Limousine. Dessen teures Aussehen war absolut kein Garant für die Integrität des Besitzers. Zu früher Morgenstunde den Vorschlag eines

Unbekannten anzunehmen, war ein Ding der Unmöglichkeit! Ihr kam ein anderer Gedanke: *„Da ich eh auf Partnersuche bin, gebe ich ihm meine Handynummer."* Er schien erfreut über diese Geste.

Noch nie war Caroline um zwei Uhr morgens in einer U-Bahnstation gewesen. Es hielten sich nur wenige Wartende dort auf. Dafür umso mehr unerwartete Gestalten. Es huschten nämlich unentwegt Mäuse durch die Gegend! Tagsüber versteckten sie sich bestimmt in ihren Löchern, aber des Nachts gehörte das Umfeld ihnen. Und zu fressen hatten ihnen die unzähligen Tageskunden in Hülle und Fülle hinterlassen. Caroline ekelte sich vor diesen Tierchen! Auf der Bank sitzend, hielt sie ihre Beine hoch, um zu verhindern, dass ihr eins eventuell hochkroch. Bei der Ankunft neuer Fahrgäste, verschwanden die Nager, um bei Eintritt von Ruhe ungehemmt wieder zum Vorschein zu kommen. Caroline stellte fest, dass die anderen Passagiere von dem Getier unbeeindruckt blieben. Es handelte sich um junge Leute, die diesen Anblick im Gegensatz zu ihr wahrscheinlich gewohnt waren.

Auf dem Fußweg nach Hause erhielt sie einen Anruf auf ihr Handy. Freudig nahm sie ab, in der Hoffnung es sei der Professor, der sich um ihr Wohl kümmerte. Große Enttäuschung! Es meldete sich ihr neuer Galan: *„Sind Sie schon daheim? Ich wollte mich erkundigen, ob Sie gut angekommen sind!"* *„Das ist ja rührend von Ihnen!"*, erwiderte Caroline, sichtlich angetan von seiner Umsichtigkeit. *„Ich würde Sie gerne zum Mittagessen in einem Restaurant in der Stadt einladen. Haben Sie Zeit?"*, fragte er ohne Umschweife. Sie verabredeten sich für ein Uhr mittags.

Und wo führte er sie aus? In eins der teuersten Gaststätten überhaupt! Etwas, das ihr Professor noch nie geleistet hatte! Seinen Geiz hatte sie stets hingenommen wie ein unumgängliches Naturgesetz! Diesen akzeptiert wie so viele seiner anderen Fehler auch. Aber es schmerzte sie, wenn sie bei anderen Männern ein positiveres Verhalten entdeckte. Während des Essens stellte sich heraus, dass ihr neuer Bekannter noch im Arbeitsverhältnis stand, d. h. um mindestens zehn Jahre jünger als sie war. Damit eine weitere Annäherung für beide Seiten ein aussichtsloses Unternehmen. Wieder ein abgeschlossenes Kapitel für Caroline.

# Die drei Freundinnen

„*Habt ihr das erfahren? Der Professor lädt Caroline zum Tanzen ein und lässt sie Punkt Mitternacht alleine, sozusagen auf der Tanzfläche zurück! Wie ein Aschenputtel sitzt sie nun da! Das ist doch ein Ding der Unmöglichkeit! Wie kann man bloß! Das gehört sich einfach nicht! Ein Herr ohne Manieren! Von Kavalier keine Spur!*" So wettert Verdina gegen Carolines unverlässlichen Partner. Unmittelbar die ganz anders gestaltete Reaktion Urandas:

„*Da kann man unterschiedlicher Meinung sein. Caroline verhält sich stets als unabhängige, selbstbewusste Frau. Sie steht ihren Mann, könnte man sagen. Also schafft sie es auch, sich in einer Bar alleine durchzuschlagen. Hat sie somit bewiesen! Dass er kein feines Verhalten an den Tag gelegt hat, da stimme ich mit dir überein. Aber dennoch kann man ihn deswegen nicht so scharf verurteilen.*"

„*Auf jeden Fall war Caroline die Situation sehr peinlich*", findet Sikulda. „*Nur zögerlich hat sie uns davon berichtet. Sie wusste selber nicht, wie sie seine Handlungsweise interpretieren sollte: Als ein Lobgesang auf ihre Selbständigkeit oder ganz im Gegenteil als eine Missachtung ihrer Person. Eher letzteres, denn sie sah es als erwiesen an, dass sie es ihm nicht wert sei, kleine Opfer für sie zu erbringen. Aber ganz klar war sie von ihm enttäuscht! Durch das Treffen mit dem Mercedesbesitzer ihm eins auszuwischen, hat auch nicht geklappt, da mehr als ein feines Mittagessen nicht herausgesprungen ist! Und davon erfahren sollte der Professor lieber gar nicht! Obwohl sie sich durchaus als eine Art Femme fatale hätte aufführen können. Um herauszufinden, ob er der Eifersucht fähig sei!*"

„*Stattdessen erzählte sie dem Professor von Franz*", ergänzt Verdina. „*Nicht zu dem Zweck, ihn eifersüchtig zu machen, Gott bewahre, nein, zur Vorbeugung einer brenzligen Begegnung! Sie befürchtete, Franz könne* vielleicht unangemeldet bei ihr zuhause erscheinen, während sie mit dem Professor gemütlich beim Kaffeetrinken sitzt. Sie wollte ihn hiermit vorbereitet wissen. So würde er durch Unwissen und Unverständnis nicht unkontrolliert reagieren. Sie unternahm die Flucht nach vorn und gab ihm klar zu verstehen, dass sie mit Franz ausgegangen sei, nur weil der Professor sich nicht für sie entschied. Weil sie ihre Suche nach einem Lebenspartner weiterführen musste. Und der Professor verstand deutlich: „Aha, ich bin schuld daran!" Begleitet von einem süffisanten Lächeln. Denn Caroline erklärte mit diesem Geständnis ganz offen, wie nahe er ihr stand. Ihre Verzweiflung halt."

„Ja, und wisst ihr", wendet Uranda ziemlich angeekelt ein, „wann sie ihm vom Zusammensein mit Franz Bericht erstattete? Wie der reinste Unschuldsengel just bevor er in Urlaub fuhr, bevor sie überhaupt seine Lüge bezüglich der Begleiterin in Erfahrung bringen sollte. Danach ärgerte sie sich zu Tode! Jemandem Intimitäten zu beichten, dem man schlussendlich nicht über den Weg trauen kann! Sie schämte sich über ihre Naivität! Er war es nunmehr nicht wert, von ihren Problemen zu erfahren, noch weniger in sie hineingezogen zu werden. Aber es hilft alles nichts! Sie kommt nicht von ihm los. Er kann anstellen, was er will, sie mit Nichtachtung und Respektlosigkeit strafen, indem er mit einer anderen hinter ihrem Rücken in Urlaub abhaut, ihr seinen Tagesablauf absichtlich verheimlichen, sie bleibt dennoch an ihm hängen. Mit dieser skrupellosen Taktik gelingt es ihm, sie an sich zu ketten."

„Ich wundere mich, dass sie nicht aufschreit und mit einem Knall die Tür hinter sich zuschlägt!", erwidert Sikulda. „Sie muss doch merken, dass er sie manipuliert! Indem er sie oberflächlich umgarnt, aber nie wirklich zutraulich wird. Sie konstant in der Schwebe hält. Und vor allem ausnutzt! Das Verhältnis beruht nämlich nicht auf Gegenseitigkeit. Nein, er nimmt sich heraus, was er benötigt. Er hat außer ihr niemanden, der auf seinem Wanderniveau steht, entweder sind die Leute zu alt und schaffen seine Höhenmeter nicht mehr oder sie sind zu jung, d. h. sie gehen entsprechend schneller als er. Mit Caroline ist er pari. Sie hingegen ist wohl aufgehoben in ihrer Wandergruppe, geht mit ihm zusätzlich, bräuchte es für sich aber nicht. Das wäre der erste Punkt. Dann hat er ja herausgefunden, dass sie sprachgewandt ist und ihm seine Texte, egal welcher Länge und welchen Inhalts, widerstandslos, flink und vor allem akkurat korrigiert. Punkt zwei also. Und Punkt drei lässt nicht auf sich warten: Die Gesprächsthemen drehen sich immer nur um seine Interessensgebiete. Sie hat sich ihm komplett angepasst, unterworfen. Ist das ein normaler Zustand? Dass man sich selber aufgibt, preisgibt? Es muss ihr irgendwie geholfen werden, sich aus seinen Fängen zu befreien! Alleine scheint sie es nicht zu schaffen!"

„Genau den Eindruck habe ich auch!", mischt sich Uranda ein. „Aber es steht noch viel schlimmer um sie! Denn sie fügt sich immerzu seinen Terminen, verschiebt die ihrigen, sagt hier und da welche ab, muckst nie auf und vor allem gesteht sie ihm nie, dass sie im Grunde genommen schon verplant sei! Totale Anpassung, totale Hörigkeit, das kann man nicht oft genug wiederholen. Sie wagt es nicht, ihm ein Angebot abzuschlagen. Sie denkt, vielleicht vergehen dann wieder so und so viele Tage, bis sie ihn wiedersehen kann. Nein, sie nimmt den erstmöglichen Termin wahr aus Angst vor einer langen Wartezeit, aus Sehnsucht oder Verlangen nach ihm."

„Was willst du damit sagen? Dass sie sich in einer toxischen Beziehung befindet?", argumentiert Verdina. „Wenn ich etwas google, erscheint mir im Internet immer wieder eine Annonce zu diesem Sujet. Als wolle es mir unbedingt in die Augen springen, sich aufmerksam machen: „Lies mich!" schreit es mir zu! Vielleicht hast du recht! Denn es ist offenkundig: Caroline leidet! Dabei sollten doch beide

Seiten in einer Beziehung glücklich und zufrieden sein, Erfüllung und Rückhalt finden; jeder sollte die Bedürfnisse des anderen wahrnehmen und respektieren, auch wenn sie dem einen nicht unbedingt behagen. Für den Professor existieren ausschließlich die eigenen. Er erkundigt sich nicht nach den ihrigen. Sie habe ihn diesbezüglich getestet. Ja, stellt euch ihren Mut vor! Sie erzählte von ihrer Klingelanlage, die nicht mehr richtig funktioniere. Keine Reaktion, obwohl er immerzu weit und breit von all den eigens bei sich zuhause durchgeführten Reparaturen Bericht erstattete. Dann wagte sie, die brüchigen Fugen zwischen den Terrassenplatten zu erwähnen, ob man die wohl erneuern sollte oder nicht. Er gab ihr zwar einen kleinen Vortrag darüber, dass diese Arbeit von der Grundlage, ob Kies oder Beton, abhänge, aber er warf nicht mal einen flüchtigen Blick auf die Terrasse, als er wieder zum Kaffee zugegen war. Keinerlei Interesse an den Problemen des anderen. Total egozentrisch! Danach gab sie auf. Es wurde ihr klar, dass er für sie keinen Finger rühren, aber ihren Bereitschaftsdienst immer wieder gerne in Anspruch nehmen würde. Ich bange um Carolines Gesundheit! Sie gesteht, dass sie abgenommen hat, der Appetit abhanden gekommen ist! Ein oder zwei Kilo wären vertretbar, aber bei ihr sind es sogar mehr als drei. Bei einer schlanken Person ist das viel! Und plötzlich leidet sie unter Bluthochdruck. Verwunderlich, denn der war zeitlebens immer äußerst niedrig gewesen. Laut Studien wirkt sich eine glückliche Beziehung auf die Gesundheit aus, also auch lebensverlängernd. In Carolines Fall befürchte ich das Gegenteil. Meines Erachtens sind die körperlichen Veränderungen das Resultat dieses Ungleichgewichts zwischen ihnen, der Entwicklung einer destruktiven Dynamik. Denn während er für sich herausbekommt, was er braucht, entsteht bei ihr nur Abhängigkeit. Sein Wechselspiel von Nähe gekoppelt mit seinem anschließenden Wegbleiben provoziert in ihr ein Suchtgefühl, abgesehen von einer gewaltigen Verlustangst. Durch dieses ständige Auf und Ab würdigt er sie herab. Von Gleichberechtigung keine Spur! Wo liegt hier eine gesunde Balance vor? Die Konsequenz bei ihr sind offenbar Stress und Gereiztheit. Er wirft ihr manchmal vor, scharfe Bemerkungen abzugeben, von deren Verletzbarkeit sie selber nichts merkt. Sie findet sie geistreich, denkt, sie könne ihm damit imponieren. Dabei stellen sie einfach den Fluchtweg dar, der sie vermeintlich aus der Sackgasse mit ihm, von der Verzweiflung erlösen sollen. Eine stumpfe Waffe, die sie auch nicht weiterführt!"

„Ich sehe es ähnlich!", unterbricht sie Uranda. „Ich hätte ja ein Rezept gegen ihren Verdruss: Sie sollte stricken wie wir! Oder Häkeln, Nähen, von mir aus Strümpfe stopfen! Es handelt sich um eine uralte Tradition bei uns Frauen. Während die Poesie stets allein den Männern als Betätigungsfeld und zum Ausdruck ihrer Fantasie offenstand, so reduzierte es sich für uns, dem weiblichen Geschlecht, auf Bildrepräsentationen auf Textilien. Aber schaut her: Die Entstehung unserer femininen Werke erfolgte vor der von Texten! Dementsprechend leitet sich das lateinische Wort textus, eigentlich fortlaufende Darstellung, von textere, weben, flechten, ab. Vollkommen logisch, denn die Schreibkunst ist ja jüngeren Datums als das Weben! Übrigens ist in den osteuropäischen Ländern die Jungfrau Maria bei der Verkündigung oft spinnend dargestellt, im Westen hingegen lesend! Daraus kann man schließen, dass beide Tätigkeiten gleichbedeutend sind. Hinzufügen möchte ich die Bemerkung, wie zeitkonsumierend doch unsere Produktion ist. Und obendrein geht ohne Präzision gar nichts! Mit mathematischer Genauigkeit ordnen wir die Fäden. Ein Vergleich mit einem Feldmarschall, der seine Soldaten für eine Schlacht aufstellt, ist durchaus zulässig."

„Und um die Weiblichkeit unseres Handwerks zu betonen, schotten wir uns von den Männern ab", steuert Sikulda bei. „Das Beisein von Jungen ist zwar im Kindesalter *genehmigt, aber Männer erhalten keinerlei Zutritt zu unseren Treffen. Wehe ihnen! Sie würden für ihr Erscheinen büßen müssen! So gehen wir nicht nur ungestört unserer frauenhaften Beschäftigung nach, wir konzentrieren uns auf unsere Gesprächsthemen und lassen uns nicht reinreden. Stricken ist in erster Linie ein kreativer Vorgang, durchaus mit dem Akt des Gebärens vergleichbar! Es generiert etwas Neues. Immer mit einem Wert behaftet. Und zusätzlich zur materiellen Schöpfung bewirkt es eine psychische Entlastung, d. h. eine wohltuende und wohlverdiente Schonung unserer Nerven. Das beste Antidot gegen Stress ohne gesundheitsschädliche Nebenwirkungen! Die beste Beruhigungspille! Im Grunde genommen wenden wir ein Ritual an. Der springende Punkt dabei ist, dass wir es mit Regelmäßigkeit zelebrieren und es im Unterschied zu irgendeiner Routine eine besondere Bedeutung für uns hat. Es gibt uns viel: Neben Entspannung, Genuss und Verbundenheit. Denn wir sehen uns in einem bestimmten Rhythmus, teilen dabei Trost und Freude. Das Ritual ist etwas Festes in unserem Alltag, gibt uns dadurch Orientierung und Kontrolle, trägt, wie schon gesagt, zu einer verminderten Ausschüttung von Stresshormonen bei."*

*„Übrigens, dass wir stricken, bedeutet keineswegs, dass wir ungebildet sind", ergänzt Verdina. „So hört her! Das von mir vorhin verwendete Wort „toxisch" stammt von lateinisch* toxicum *ab, das wiederum auf das griechische* toxikon *zurückgeht. Es ist zunächst in die Medizin unter dem Begriff „Toxikologie" eingegangen, was die Bedeutung „Lehre von Giften und ihrer Wirkung auf den Organismus" hat. Demensprechend negativ fällt die Definition des Adjektivs aus: giftig, bösartig, gefährlich und obendrein schädlich! Es steht wirklich schlecht um unsere Caroline! Wir können von Glück reden, dass sie nicht obendrein an Depressionen leidet! Dieser Zustand ist in Zukunft nicht auszuschließen. Durch das dominante Verhalten*

des Professors vertritt sie keine eigene Meinung mehr – das haben wir schon angesprochen. Er spannt sie für seine Bedürfnisse ein; diese stehen im Vordergrund, während ihre eigenen nicht zählen. Er beansprucht ihre Aufmerksamkeit, ihre Unterstützung, sogar ihre Zuwendung, während sie leer ausgeht! Es ist nicht so, dass sehr unterschiedliche Partner nicht zum Glück zueinander finden können. Sie müssen nur danach trachten, sich zu ergänzen, wodurch eine gegenseitige Bereicherung zustande kommt. Der Professor hat zwar Caroline gegenüber behauptet, sie würden sich komplementieren, was auch stimmt, aber ein weiteres Fazit erfolgt nicht! Der Konflikt bei Caroline besteht darin, dass sie die Fehler nur bei sich selber sieht und keine bei ihm. Sie steht auf verlorenem Posten, da sie ihre Makel nicht benennen und somit unmöglich beheben kann. Ergo wächst in ihr das Gefühl der Unsicherheit. Ein Vorwärtskommen enorm erschwert. Ihr eigentliches Problem besteht im Fehlen an Selbstreflexion, denn sie müsste sich längst eingestanden haben, dass diese Beziehung dem Untergang geweiht ist. Diese Erkenntnis wird sie so lange wie nur möglich leugnen. Momentan erträgt sie diesen Gedanken nicht, will ihn nicht wahrhaben. Sie ist wie abhängig und willenlos. Und übrigens nimmt die Schmerztoleranz, anstatt abzunehmen, mit der Zeit zu. Er kann ihr also getrost immer mehr zumuten. Die stets wachsende Last erträgt sie nur, weil sie die Hoffnung auf eine Partnerschaft mit ihm nicht aufgibt."

„Ein weiterer Punkt ist, dass sie ja nie mit ihm über ihre Gefühle sprechen kann", beteuert nun Uranda. „Das zermürbt sie. Nach fünfzehn Monaten immer noch keine Liebesbekundung. Aber er umarmt sie gerne, streichelt sie sanft auf eine ihr bis dato unbekannte Weise, dermaßen zärtlich, dass sie dahin schmilzt. Der Neurotransmitter, der bei körperlicher Berührung ausgeschüttet wird, heißt Oxytocin. Er macht süchtig wie eine Droge! Und der armen Caroline wurde in den letzten Jahren diese Art von

*Belohnung vonseiten ihres kranken Mannes nicht zuteil. Nicht von ungefähr wird es auch Kuschelhormon genannt!* Der *Professor kennt bestimmt die Wirkung seiner Streicheleinheiten, setzt sie ganz bewusst und sparsam ein. Er freut sich seinerseits über die Ausschüttungen des Neurotransmitters Serotonin, deren Entstehung auf Anerkennung und Beachtung seiner Person zurückzuführen sind. Deshalb die häufige Erwähnung seiner Wirkung auf andere Menschen, meist auf Unbekannte:* „Man hat mich gebeten, aufgrund meiner profunden Kenntnisse des Themas der Konferenz, unbedingt zum nächsten Termin zu erscheinen! Meine Beiträge seien so wertvoll!" *Oder:* „Beim Telefonat mit dem Amt erhielt ich erstaunlicherweise unmittelbar einen Termin. Ich sei der Vermittlerin so sympathisch vorgekommen!" *Banalitäten und Höflichkeiten, durch die er sich aufplustert wie ein Pfau! Diese Aufmerksamkeitssucht gehört zu seinen spezifischen Charaktereigenschaften. Er sieht sich gerne im Mittelpunkt, direkt im Scheinwerferlicht. Suhlt sich darin! Erzählt voller Freude und mit strahlendem Gesicht von diesen Erfahrungen, denn das ausgeschüttete Serotonin, auch als Glückshormon bezeichnet, vermittelt ihm genau dieses Glücksempfinden. Das reicht ihm! Die Suche danach in einer Beziehung überflüssig! Im Übrigen gibt er immer nur positive Erlebnisse preis. Er wird nie zugeben, dass man ihn mal irgendwo abgewiesen hat."*

„*Es wäre interessant, den Grund für seine Verhaltensart herauszufinden*", entgegnet Verdina. „*Wahrscheinlich hat es etwas mit den familiären Umständen in seiner Kindheit zu tun. Zuviel oder zu wenig Beachtung beziehungsweise Verständnis vonseiten der Eltern. Aber das nützt überhaupt nichts, denn ändern wird er sich nicht mehr. Ob ihm eine Therapie zugutekommen könnte, wage ich zu bezweifeln. Seine Angewohnheiten sind ihm in Fleisch und Blut übergegangen. Ein bleibender Ist-Zustand. Die Empathielosigkeit, die Unfähigkeit, Gefühle zu benennen, insbesondere also diese emotionale Kälte legt man nicht im Handumdrehen ab. Ich habe mir sagen lassen, dass jahrelange Bemühungen notwendig sind zum Erlernen der Kompromissbereitschaft zwischen dem eigenen und dem fremden Willen, zwischen den eigenen, auf einer infantilen Ebene verharrenden Ansprüchen und jener der anderen."*

# Die Erkenntnis

*„Ich konnte dir leider keine Fotos mehr schicken"*, erläuterte der Professor, nachdem Caroline ihn am Telefon kurz zurückgegrüßt hatte. *„Hat dein Speicher eventuell den Füllstand erreicht? Die Landschaft hier im Elbsandsteingebirge ist überwältigend und das Wetter einfach wunderbar!"*

Das fehlte ihr noch! Dass er ihr beschrieb, welch herrliche Tage er mit der Anderen verbrachte! Sie empfand diese Aussagen wie einen Faustschlag mitten ins Gesicht. Sie konnte sich nicht mehr halten. Da Fragen ohne klärende Antwort bleiben würden, unternahm sie die Flucht nach vorn, ging auf Konfrontation, auf Attacke, die Gefahr eines endgültigen Bruches in Kauf genommen:

*„Du bist nicht mit einem Freund unterwegs. Du hast mir das Foto einer Frau geschickt."*

*„Ich habe halt so Schnappschüsse gemacht. Es sind immerzu Menschen da. Ich kann sie nicht verscheuchen, um nur die Landschaft zu fotografieren."*

*„Das mag bei einigen Bildern zutreffen. Aber auf dem zweiten, mir am Mittwoch geschickten Foto steht eine Frau eindeutig für dich positioniert, damit du sie aufnimmst."*

*„Nein, du irrst dich!"*

*„Du beharrst also darauf, dass ein Freund dich auf der Tour begleitet. Wie heißt er denn?"*

*„ ... Andreas."*

*„Ach, das wäre also die zweite Lüge! Gesteh mir doch die Wahrheit! Du schickst mir den Beweis frei Haus und willst ihn leugnen. Das wird ja immer schlimmer!"*

*„Ich schaue mir die Bilder in Ruhe an."*

*„Ja, tu das! Damit du es weißt: Du hast mir sehr weh getan!"*

Und das Gespräch fand sein Ende! Er, der gerne am Telefon plauderte, war äußerst wortkarg geworden. Er, der nie auf dem Mund gefallen war, verstummte komplett. Caroline merkte ihm an, dass ihm ein Kloß im Hals steckte. Nicht verwunderlich! Obendrein hatte er bei der Namensfindung seines angeblichen Begleiters eine schlechte Wahl getroffen. Als er nämlich vor der Abfahrt in den Urlaub zu Hause eine Männergesellschaft eingeladen hatte, war der Name Andreas zwar gefallen, aber mit der Erläuterung: *„Den sehe ich sehr selten.“* Mit solch einem Bekannten fährt man nicht zehn Tage in Urlaub. Die Versehen häuften sich. Während die Verärgerung beim Professor bestimmt gewaltig zunahm, fragte sich Caroline, welche Vorgehensweise sie wählen sollte. Ihm die kalte Schulter zeigen, eine endgültige Trennung herbeiführen? Als erstes tat sie das Gegenteil: Sie entsperrte die WhatsApp. Er sollte die Möglichkeit einer Aussprache, eines Statements haben. Aber zunächst herrschte Stille. Einige Tage lang. Dann ein Foto seiner Blumen im Garten. Versöhnungsangebot? Sie schickte daraufhin eins von einem Berggipfel. So langsam rollte die Verbindung wieder an. Sie verabredeten sich zu einer Bergwanderung. Das erste Treffen nach seinem Urlaub.

Während der gesamten Autofahrt keine Entschuldigung, keine Erwähnung des Zerwürfnisses. Stattdessen die üblichen weltbewegenden Themen, Politik und Wirtschaft. Caroline sah sich gezwungen, den persönlichen Stoff selber anzugehen. Von ihm kam erwartungsgemäß nichts.

*„Wirst du dich nicht zum Foto äußern?“*

*„Ich habe dir doch gesagt, dass es eine fremde Urlauberin war. Hör doch auf mit deinen Fantasiegebilden!“*

*„Oh, nein, hör du doch auf, die Tatsachenlage abzustreiten! Es wird dir nicht gelingen, mich zu überzeugen. Es handelt sich hier ja nicht mal um Micro-cheating, also einen harmlosen Flirt! Den vorliegenden Sachverhalt bezeichnet man als Betrug, nicht mehr und nicht weniger! Im Grunde genommen bin ich dir sogar für die unbeabsichtigte*

Aufklärung dankbar. Ich habe schon immer den Verdacht gehegt, dass du Leichen im Keller versteckst. Dass einige davon manchmal lebendig werden und mit dir am Tisch oder auf dem Sofa sitzen, wahrscheinlich auch mit dir das Bettlager teilen, das habe ich ebenfalls befürchtet. Durch deine Geheimniskrämerei ließest du mich im Ungewissen. Mir war es bis zu einem gewissen Grad recht. Denn wahrhaben wollte ich es nicht. Nun habe ich die Gewissheit und brauche nicht mehr zu rätseln, sehe ein, dass ich keinen Anspruch auf dich habe. Meine Illusionen vernichtet. Mit deiner Lüge hast du mir großen Schmerz zugefügt. Ich frage mich, ob du Gefühle empfinden kannst, ob dein Herz nur eine organische Funktion erfüllt. Es steht mir nicht zu, diesbezüglich Behauptungen aufzustellen. Wir können uns weiterhin zu Wanderungen treffen, aber ich möchte keinen Begrüßungskuss mehr von dir oder sonstige Berührungen erleben. Ich möchte eine gewisse Distanz zwischen uns gewahrt wissen."

Von ihm kein Kommentar, nur ein ernstes Gesicht. Für Caroline ein Eingeständnis seiner Schuld, seines Vergehens. Er sah es als sinnlos, sie weiterhin zu belügen. Und sie dachte sich: „Eventuell steige ich sogar in seiner Achtung auf. Denn ich reagiere nicht als eifersüchtiges oder beleidigtes Wesen, sondern als reife Frau. Ich bin diejenige, die die Grenzen aufzeigt, ihn in die Schranken weist." Plötzlich fühlte sie sich stark. Ihr war eine riesige Last von den Schultern gefallen, denn sie hatte ihm standgehalten. Keine leichte Aufgabe!

Bei den folgenden Treffen hielt er sich an die von Caroline aufgestellten Spielregeln. Einigermaßen. Denn er versuchte hin und wieder, seinen Arm um ihre Schulter zu legen, ihr einen Kuss auf die Wange zu platzieren oder ihren Mund zu erhaschen, was sie zu vermeiden wusste. Eindeutig lotete er ihre Charakterstärke bzw. ihr Durchhaltevermögen aus. Meinte er es ernst? Wollte er nur spielen? Das entschlüpfte Schaf einfach nur zurück in seinen Stall, seinen Harem holen? Welche Absichten verbargen sich hinter seiner Vorgehensweise? Ging es ihm nur um sein Ego? Verkraftete er es nicht, dass ihm eine Frau durch Eigeninitiative entwich? Verfolgte er durch seine Kabale, seine Machenschaften, nur niederträchtige, eigennützige Ziele?

Auf jeden Fall unterdrückte Caroline ihre Gefühle. Während sie vor dem Vorfall mit dem verräterischen Foto stets voller Freude die Zusammenkunft mit ihm erwartet hatte, sodass ihr Herz vor lauter Lust und Glück zu zerspringen drohte, hielt sie sich nun bewusst unter Kontrolle. Sie verbiss sich ihr sonst so leidenschaftliches Lächeln, auch wenn ihre Augen sie sicherlich betrogen, ihr wahres Innere offenlegten. Diese konnte sie nicht beherrschen. Aber ansonsten hatte sie ein eisernes Gerüst angelegt als Schutzmaßnahme vor sich selber, vor ihrer Gefühlswelt. Sie versuchte Kälte, Gleichgültigkeit, Neutralität auszustrahlen. Ob es ihr tatsächlich gelang?

Caroline hätte gerne in sein Gehirn oder besser noch, in sein Herz geschaut. Oder sie hätte sich eine Drohne gewünscht, die unbeobachtet in sein Haus dringen konnte, Beweismaterial bezüglich anderer Frauen abfotografierte und ihr ablieferte. Für sie stand eindeutig fest, dass er sie mochte, sonst würde er sich nicht mit einer bestimmten Regelmäßigkeit bei ihr melden. Wertschätzung war auch vorhanden. Er schickte ihr nämlich nicht nur Texte zur Korrektur, auch andere, bei denen er sie um ihre Meinung, ihre Interpretation bat. Darunter sogar ein theologisches Schriftstück. Und dennoch bekannte er sich nicht zu ihr, verleugnete sie wie ein echter Judas. Wenn dem Gründer des Christentums diese harte Erfahrung auferlegt worden war, dann stand der sterblichen, unbedeutenden Caroline kein Grund zur Klage zu! Ein einziges Mal hatte sie der Professor zu sich eingeladen und ihr nach Kaffee und Kuchen sein ganzes Haus vorgeführt. Seitdem hatte sie keine weitere Aufforderung zu einem Besuch erhalten. War sie eine Persona non grata? Dieses Gefühl bekam sie bei einem Anruf seines Sohnes Georg während einer Autofahrt in die winterlichen Berge. Sehr besorgt riet er seinem Vater: *„Und pass gut auf! Es gibt sicherlich vereiste, rutschige Stellen bei der Wanderung heute!"* Daraufhin hatte Caroline dem Professor per Gestik angedeutet, er solle Georg beruhigen, dass sie auf ihn achten würde. Und welche Information gab der Vater weiter? *„Meine Begleiter meinen, du sollst unbesorgt sein. Sie passen schon auf mich auf!"* Caroline perplex und verletzt! Er verwendete einen Plural, um vor seinem Sohn ihre Präsenz zu vertuschen. Sie im Geheimen gehalten! Nicht erwähnenswert! Sie fragte sich: *„Wo ist mein Buckel? Wo die Warze auf meiner Nase? Wieso bin ich nicht salonfähig, vorzeigbar? Oder hat der Sohn schon genug von des Vaters Frauenaffären? Soll den anhaltenden Wechsel nicht bis ins kleinste Detail miterleben?"*

Zu einer Wanderung lud der Professor tatsächlich einmal einen Freund mit ein. Mit Joachim fand Caroline interessante Gesprächsthemen, die fernab von Politik und Wirtschaft lagen. Sie staunte nicht schlecht, als sie bemerkte, dass die beiden Männer sich über Alltägliches unterhielten, keinesfalls aber über die hochgeschraubten anstrengenden Sujets, über die sie sich ständig mit dem Professor austauschte. *„Von mir verlangt er geistige Hochleistung, von seinem Freund das Gegenteil. Da bin ich aber sehr enttäuscht! Ich erwartete ein Rededuell, aber dem ist nicht so!",* gestand sich Caroline. Obendrein machte der Professor keine Anstalten, sie zu berühren oder sonst wie Nähe zu bekunden. Stattdessen die Aussage: *„Ich finde es gut, wie du dich zurückhältst! Mit dir kann man was unternehmen!"* Ein Lob, das nicht als solches in Carolines Ohren klang! Nach fünfzehn Monaten immer noch die Leugnung einer Vertrautheit zwischen ihnen. Mehr als eine

Wanderkameradschaft sollte nicht durchscheinen. Keinesfalls mehr.

Bei einem Tagesausflug erlebte Caroline eine Überraschung. Es war ein heißer Tag, beide ermüdet nach der Wanderung. Sie betraten ein Lokal am Seerand und Caroline begab sich sofort ans Ufer, um die Möglichkeit des Schwimmens auszukundschaften. Da sie keine geeignete Zugangsstelle zum Wasser entdeckte, kehrte sie ins Lokal zurück. Dort saß bereits der Professor an einem Tisch und trank eine Limonade. Er fauchte sie an: *„Ich habe dir doch gesagt, ich hätte Durst! Und du verschwindest einfach und lässt mich alleine! Also habe ich mir etwas zu trinken geholt. Es ist zwar nicht meine Art, aber jetzt ist es halt so!"* Caroline verstand seine Wut nicht. Sie hatte nichts von seinem Durst mitbekommen. Manchmal kam es ihr eh vor, er stelle kleine Unwahrheiten auf, um sie zu verwirren oder weil er sich nicht mehr an die besprochenen Abmachungen erinnerte. Sollte sie sie auf das Konto einer schleichenden Alterung schieben? An anderen Tagen schien es ihr, er hörte oder überhörte gerne, was ihm nicht passte. Und von Höflichkeit konnte bei ihm sowieso nicht die Rede sein. Er lud sie nie zum Essen oder zu einem Getränk ein. Also saßen sie stumm nebeneinander, er in Rage, sie ein Häufchen Elend. Seine Überreaktion stand in keinem Verhältnis zu dem verlebten schönen Tag inmitten der Berglandschaft. Oder vielleicht doch? Denn er hatte einen Schwächeanfall gehabt, sich die Blöße gegeben, beim Aufstieg öfters pausieren zu müssen. Das passte nicht zu seinem Männlichkeitswahn und vor allem zu seinem makellosen Gesundheitszustand, den er mit Vehemenz versuchte vorzutäuschen. Er betonte gerne, dass seine Vorfahren neunzig- oder hundertjährig gestorben waren. Er würde keine Ausnahme in seiner Ahnenreihe darstellen. Aber das Versagen während der Wanderung traf sein Selbstwertgefühl. Dafür bestrafte er seine Begleiterin, die ihm keinerlei Vorwürfe gemacht, ihm im Gegenteil zur

Seite gestanden und ihn unterstützt hatte. Dieses Gefühl des Unwohlseins hielt bis zur Verabschiedung vor Carolines Wohnung an. Sie war mal wieder am Boden zerstört. Woher sollte sie die Kraft oder den Trost finden, um sich zu erholen?

Ihr fiel der Filmklassiker „Gaslight", auf Deutsch „Das Haus der Lady Alquist" von 1944 ein, in dem Ingrid Bergmann einen Oscar als beste Hauptdarstellerin erhielt. Hier geht es darum, dass der Ehemann darauf aus ist, seine Gattin in den Wahnsinn zu treiben, denn er hat sie nur geheiratet, um an den wertvollen Schmuck ihrer verstorbenen Tante zu gelangen. Ständig hat die Ehefrau angeblich entweder Dinge verlegt oder sie hört Geräusche vom Dachboden, obwohl dieser doch nicht zugänglich ist. Der Titel bezieht sich auf das Flackern des Gaslichts, welches durch die Schritte des Ehemanns auf dem Dachgeschoss entsteht. Dort sucht er nämlich ohne das Wissen seiner Angetrauten nach den besagten Juwelen. Der Begriff des „Gaslighting" ist von diesem Psychothriller in die Psychologie eingedrungen und steht für die Manipulation einer Person, mit dem Zweck eine andere durch Konfusion zu destabilisieren, zu verunsichern. „Eingestanden", tröstete sich Caroline, „der Professor möchte mir bestimmt keine Geisteskrankheit unterstellen, aber zumindest eine Instabilität provozieren. Er wirft mir nämlich immer wieder vor, ich habe das Datum unserer Verabredung falsch im Kopf. Er habe es aufgeschrieben, ich irre mich. Was dahinter steckt, sehe ich so: Es ist bei ihm irgendetwas dazwischengekommen, dass ihm genau an dem Tag passt und er lässt mich einfach ganz fallen oder verschiebt den Termin mit mir. Nie wird er eingestehen, dass er mich als Joker behandelt, mit mir jongliert wie mit Bällen oder Keulen. Wieder ein Beweis dafür, wie wenig ich ihm tatsächlich bedeute! Dass er gleichzeitig ein Verwirrspiel mit mir durchführt, ist mir ebenso klar. Durch die erzielte Verunsicherung ist er der stärkere, ich die schwache, die abhängige. Er der Führer, ich *die Geleitete. Ja, sein Spielchen funktioniert!"*

Als sie wieder gemeinsam unterwegs waren, erzählte Caroline dem Professor vom Liebeskummer der Tochter einer Freundin. Sein Einfühlungsvermögen auf den Prüfstand gestellt. Denn Kathrin kam mit ihrem langjährigen Freund nicht weiter! Genauso wie Caroline selber mit dem Professor! Nach fünf Jahren des Zusammenseins konnte sich Kathrins Lebenspartner immer noch nicht zu einer Heirat mit ihr entscheiden. Aber sie, als Frau mit einer körperlichen Deadline versehen, wollte eine Familie gründen, Kinder in die Welt setzen. Also entließ sie nach intensivem Ringen mit sich selber ihren Lover, um frei zu sein für einen weiseren, seriöseren Mann. Der trat nicht auf Anhieb in ihr Leben. Sie würde sich Zeit für die Prüfung des neuen Anwärters genehmigen müssen. Ihre erste Begegnung war anderer Art: Die mit der Traurigkeit. Jeden Abend, zu Hause angekommen, heulte sie ihren Schmerz aus. Reaktion des Professors: *„Verstehst du das?" „Aber natürlich! Mir geht es ja genauso!"*, räumte Caroline ein. *„Niemand möchte alleine sein!" „Dann tu doch etwas dagegen!"*, entgegnete der Professor. Und Caroline: *„Als wäre das so einfach! Als besäße ich wohl den Zauberstab!"* Was meinte er überhaupt mit seiner Aufforderung? Sie solle nochmals inserieren? Klar war, dass er nicht einspringen wollte, sie nicht von der Leere erlösen würde. Demzufolge kein Unterschied zwischen jungen Männern und älteren. Beider Benehmen egoistisch und vor allem unreif.

Eines Tages erfolgte eine ungewöhnliche Bitte vonseiten des Professors: *„Du hast einen guten Geschmack. Würdest du mich vielleicht in die Stadt zum Einkaufen einer Kombination begleiten?" „Ja, natürlich, warum nicht?"*, erklärte sich Caroline etwas erstaunt bereit. Nachdem sie einige Geschäfte aufgesucht hatten, entschied er sich für eine Hose, die gekürzt werden musste. Also fragte Caroline eine Verkäuferin nach dem Schneider. Als die junge Angestellte den Professor sah, erklärte sie unverfroren: *„Sie haben doch vor einigen Wochen schon eine Hose gekauft. Aber da befanden Sie sich in anderer Begleitung. Nein, diese Dame war nicht dabei. Es war entschieden eine andere."* Reaktion des Professors: Er lächelte zufrieden, oder war er verlegen? Er ließ sich nicht nur nichts anmerken, er bestritt die gemachten Aussagen keinesfalls. *„Typisch!"*, dachte sich Caroline. *„Nie und nimmer wird er ein Geständnis ablegen! Nie sich entschuldigen, eine Erklärung abgeben, geschweige denn Aufklärungsarbeit leisten! Wie immer, alles nebulös, verschwommen, undurchsichtig, unklar. Dass ich in den Erdboden versinken, verschwinden möchte, dass es für mich unheimlich peinlich ist, berührt es ihn überhaupt nicht? Keinerlei Mitgefühl."* Und sie beobachtete im Garderobenflur, wenige Schritte von ihr entfernt eine Käuferin, die offensichtlich das Offenbarungsgespräch mit angehört hatte. Die Frau hielt sich die Hand vor den Mund, um ihr Gelächter zu verheimlichen! *„Die denkt wohl, ich sei die gehörnte Ehefrau dieses Mannes"*, schlussfolgerte Caroline. *„Sie hat vollkommen recht, mich auszulachen. Ich gebe eine lächerliche, erbärmliche Figur ab. Mir ist zum Heulen zumute! Auf Schritt und Tritt hintergeht er mich! Andrerseits kann ich nichts reklamieren, denn er ist frei! Ich habe mir nun einen Wunsch ausgedacht: Wenn es eine Wiedergeburt gäbe, dann würde ich gerne als Mann auf die Welt kommen wollen! Um mehr Freiheiten zu genießen! Um hier und da flirten zu dürfen, ohne gleich scheel angeschaut zu werden! Um mich austoben zu können ohne Schamgefühl, ohne Angst vor dem Ondit! Um die Rechte der Männer auszukosten, die mir jetzt als Frau nicht zustehen! Alles nur Wunschdenken, denn ich glaube ja doch nicht an die Eventualität eines neuen Lebens. Den Frauenrechtlerinnen bin ich zwar enorm dankbar für die erlangten Fortschritte, aber unsere westliche Gesellschaft hat noch einen riesigen Entwicklungsbedarf."*

Nach dem gelungenen Einkauf gingen sie in ein Café.

Und Caroline stellte den Professor mit einer Frage auf die Probe: *„Sag mir doch bitte, ohne zu zögern, ohne langes Überlegen, welche moralische Eigenschaft du deinen Kindern eingebläut hast oder du von ihnen erwartest, dass sie sie hochhalten."* Sie zuckte zusammen, als sie aus seinem Munde hörte: *„Vertrauensvoll zu sein, Vertrauen zu wecken!"* Das konnte doch nicht sein Ernst sein! Diese Antwort war die letzte, die sie erwartet hätte. *„Wie vermessen kann ein Mensch denn sein, dass er bestimmte Werte schätzt, die er selber nicht vertritt, nach denen er nicht lebt! Merkt er nicht, dass er sich belügt? Oder strebt er gar nach etwas, das für ihn unerreichbar ist? Ist diese ethische Vorgabe dermaßen von seiner Veranlagung, seinem Wesen entfernt, in solch hohem Maße unerfüllbar, dass er nicht wahrnimmt, welch große Lüge er ausspricht? Oder verhöhnt er mich einfach und ich merke es nicht? Das kann nicht sein, denn er blickt doch total ernst drein!"* Aber ihm etwas entgegnen konnte sie nicht! Sie war sprachlos, verwirrt, wie so oft.

# Die drei Deuterinnen

„*Es kann mit Caroline so nicht weitergehen!*", eröffnet Verdina die Gesprächsrunde mit ihren Kommilitoninnen. „*Sie benötigt Hilfe! Wer ist geeigneter diese zu bieten als wir? Eine unserer humanitären Aufgaben. Unsere Namensgeberinnen stehen ja nicht nur für das Unheil und damit für den Tod, auch wenn dieser Aspekt meist in den Vordergrund gerückt wird. Nein, sie sind u. a. Geburtshelferinnen, was in den Namen unserer Kolleginnen, der zwei Parzen Nona, die neunte, und Decima, die zehnte, klar zum Ausdruck kommt. Denn eine normal verlaufende Schwangerschaft beträgt ja den Zeitraum von ca. neun Monaten. Diese Hilfestellung der Parzen ist übrigens im übertragenen Sinne in verschiedenen Dichtungen verewigt. Nehmen wir z. B. Friedrich Hölderlins dreistrophige Ode „An die Parzen", in der er unsere Verwandten wie im Gebet anspricht. Mit einem kurzen Dasein kann der Dichter sich ohne weiteres abfinden, solange ihm die Zeit zur Vollendung seines Werkes gegönnt ist. Dieses soll allerdings von Gelingen gekrönt sein, für ihn gleichbedeutend mit einem erfüllten, lebenswerten Leben. Die Kunst über alles. Heinrich Heine hingegen sieht es in seinem kurzen Gedicht „Es sitzen am Kreuzweg drei Frauen" ganz anders. Er beschreibt die drei Parzen als hässliche Weiber und wünscht sich den Tod herbei. Der Tod als Erlösung der Pein des irdischen Lebens. Friedrich Schiller wiederum stellt sich in seinem Gedicht „An die Parzen", welche er aber mit den lateinischen Namen der Moiren anspricht, den Herausforderungen des Lebens, akzeptiert dessen Aufs und Abs, wendet sich gegen Oberflächlichkeit. Die Unausweichlichkeit des Todes, der allerdings spät eintreten soll, billigt auch er. Man bedenke, dass die Moiren, obwohl sie Zeus' Töchter sind, über ihn stehen, d. h. das Schicksal bestimmen, im Guten wie im Bösen!*"

„Genau! Wir haben die Möglichkeit, nach unserem Gusto einzugreifen", stimmt Sikulda zu. „Wir sind uns einig, dass wir unsere Kräfte als Hilfsmaßnahme für unsere Freundin einsetzen werden. Der Status quo ist folgender: Caroline ist in eine totale, einseitige Abhängigkeit von ihrem Professor geraten und sie kommt mir erschöpft, konstant ausgelaugt vor. Sie investiert sich für ihn, erhält aber von ihm kaum etwas zurück. Wir haben bereits von der toxischen Beziehung gesprochen, aber ich sehe hier noch einen anderen Faktor. Der bezieht sich auf die Persönlichkeitsstörung des Professors. In meinen Augen ist er eindeutig ein Narzisst! Und eine erfüllende, beglückende Beziehung mit einem Narzissten ist schier unmöglich! Wisst ihr, wie viele Versuche im Schnitt eine Frau unternimmt, um sich von einem solchen Wesen endgültig zu trennen? An die sieben bis acht! Dabei sind Frauen anhand der Lektüre von Frauenzeitschriften über dieses Phänomen durchaus informierter als Männer, die im Allgemeinen überhaupt gar keine Ahnung hiervon haben! Wir müssen unsere Caroline aus dieser Hölle herausholen, denn in einer solchen befindet sie sich! "

„Habt ihr beobachtet", unterbricht sie Uranda, „dass sie sich immer mehr zurückzieht, sich isoliert? Ganz klar aus Scham vor jenen Bekannten, die ihr von Anfang an geraten haben, auf Distanz von ihm zu gehen. Aber sie wollte ja nicht hinhören! Sie war und ist verblendet! Sie hat stets Reisen unternommen. Und in letzter Zeit? Überhaupt nicht mehr, es sei denn ein Enkel schlägt ihr ein gemeinsames Ziel vor! Aus eigenem Antrieb kommt nichts mehr! Keine Pläne, keine Motivation, denn alles dreht sich nur noch um den einen Anziehungspunkt! Sie ist nicht mehr die gleiche, eindeutig! Sie zahlt einen hohen Preis in dieser Beziehung. Von Glück keine Spur! Im Gegenteil: Ihr Leiden ist ihr ins Gesicht geschrieben. Die Konsequenz? Trennung! Und zwar so schnell wie nur möglich. Denn ansonsten müsste sie ihm Grenzen aufweisen und Veränderungen einfordern, wozu sie *aber nicht imstande ist!"*

*„Findet sie denn bei ihm Geborgenheit?"*, meint Sikulda. *„Nein, denn er lässt sie immerfort im Ungewissen. Unwillkürlich fühle ich mich an die aus der Mythologie stammende fantastische Literatur, an Sagen und Balladen erinnert, in denen Naturwesen auftauchen, die keine Ehe eingehen können und von ihrem menschlichen Liebhaber die Zusage verlangen, ihr Verhältnis nicht in der Öffentlichkeit kundzutun. Es handelt sich um dämonische Liebende mit Eigenschaften, die für die irdischen Personen zum Verhängnis werden. Nicht verwunderlich, oder? Dennoch: Dieses Prinzip der Geheimniskrämerei wandte oft der verrufene Giacomo Casanova an. Er gab bekannt, dass sein Erfolg bei den Frauen gerade hierauf beruhte. Dessen Memoiren hat der Professor zwar gewiss nicht gelesen, aber instinktiv ahmt er ihn nach. Denn dieser berühmte Verführer hat behauptet, er habe die Frauen bis in den Wahnsinn geliebt, seine Freiheit sei ihm aber im Endeffekt stets das Allerwichtigste gewesen! Klingt bekannt, nicht wahr? Und obwohl Casanova dem Betrug den Status einer Sünde zugestand, verglich er die ehrliche List mit Klugheit. Nicht genug damit: Täuschung trage den Anschein von etwas Verwerflichem, aber derjenige, der sie nicht anwende, sei schlicht dumm! Ein Beweis für das Fehlen jeglicher moralischer Verhaltensregeln! Bei unserem Professor ebenso inexistent. Ich will ihm nicht unterstellen, immerzu Frauen zu bezirzen, aber die Kunst des Verführens beherrscht er gut; auf eine gewaltlose Art manipuliert er Caroline, lenkt sie durch seine Zutraulichkeit so geschickt in die Falle, dass sie ihm hörig ist, zu ihm hält, obschon es ihr nicht guttut, und sie ihn lieber verlassen sollte. Mit seiner Schauspielkunst, seiner magnetischen Anziehungskraft hat er in ihr ein Interesse an ihm geweckt, noch mehr ein ständiges Verlangen nach ihm, das er durch Wegbleiben konstant nährt bzw. steigert. Solche Kräfte können charismatische Charaktere zum Guten*

einsetzen. *Beispiele hierfür wären Gandhi oder Albert Schweitzer. Den gegenteiligen Effekt, den teuflischen, erzielten Hitler oder Mussolini. Mit diesen historischen Persönlichkeiten möchte ich den Professor selbstverständlich nicht in einem Atemzug nennen! Das steht außer Frage! Aber eine gewisse demagogische Fähigkeit teilt er dennoch mit ihnen. Noch weniger möchte ich so weit gehen, ihn einem Machiavelli gleichzusetzen, aber dessen Methode wendet er zielgerecht an: Auch wenn die angewandten Mittel nicht gerade koscher sind, setzt er seinen Plan hemmungslos durch. Wir dürfen nicht vergessen, dass es auch eine Menge Frauen gegeben hat, die ihre Verführungskünste eingesetzt haben. Begonnen bei Eva, gefolgt von Salome, später kamen dann femmes fatales oder Vamps wie Carmen oder Lulu hinzu.*"

„*Und da wäre noch der Rattenfänger von Hameln!*", mischt sich Verdina noch einmal ein. „*Auch er hat Täuschungsmanöver angewandt, diesmal in der Form von Flötenmusik. Das Ergebnis: Eine Hundertschaft entführter Kinder. Wodurch die Vielfältigkeit der Betörungstechniken bewiesen wäre! Gemein haben alle sowohl die Normenverletzung, die Verhaltensübertretung wie die Moralvergehen. Ähnlich steht es um einen Till Eulenspiegel, den als Lügenbaron bekannten von Münchhausen oder gar einen Reineke Fuchs! Und noch weiter zurückliegend einen Zeus, der mittels seiner meisterhaften äußerlichen Verwandlungen eine Sonderstellung einnimmt! Meistens sind dennoch kommunikative Strategien, Handlungen, Argumente und Überzeugungskraft im Einsatz. Schlussendlich zählt aber die Faszination, die Ausstrahlung des Verführers. Bei manchem bleibt somit der Erfolg aus. Es handelt sich um eine Kunst, die auch im geschäftlichen Bereich zur Geltung kommt. Gerne vom Alpha-Männchen mit seinem bekannten Dominanzverhalten zur Machtausübung eingesetzt. Bei all diesen Beispielen spielt auch ein gewisser Libertinismus eine Rolle, d. h. ein Abweichen von anerkannten Lehren und der*

Moral. Übrigens sind Libertins der Sitten in der Regel männliche Personen! Und wie steht es mit Anarchisten? Sie alle lehnen doch jegliche Art von Hierarchie und damit von Unterdrückung bzw. Einschränkung ihrer Freiheit ab. Sie sind selbstbestimmt, unangepasst, autonom und extrem in ihren Ansichten. Einen Mix von all diesem finden wir im Professor wieder. Leider!"

„Und bedenkt bitte, dass bei all diesen Menschen stets nur der Gipfel des Eisberges sichtbar ist!", fügt Sikulda hinzu. „Das Allerwichtigste, die Seele – wenn sie tatsächlich eine besitzen sollten! -, alle ihre Geheimnisse, ihre dunklen Machenschaften verharren im Verborgenen. Unmöglich für einen Normalsterblichen bis zu ihnen vorzudringen. Sie sind äußerst geschickt mit ihrem Versteckspiel, ihrer Undurchsichtigkeit, ihrer Rätselhaftigkeit. Man wird aus ihnen nicht schlau. Eindeutig dank ihrer Manipulationskünste."

„Uff! Das waren ja heftige Lektionen, Sikulda und Verdina!" unterbricht Uranda ihre Freundinnen. „Trifft alles zu! Nach außen zeigt der Professor Stärke, stellt seine Bedürfnisse in den Mittelpunkt – siehe Bergwanderungen und die politisch-sozialen Themen -, wobei er die von Caroline permanent ignoriert. Sie ist seinem Charme vollkommen erlegen! Und er weiß, welchen Eindruck er auf Frauen schindet! Bedient sich unverfroren und rücksichtslos dieser Karte. Genießt das Gefühl, vom weiblichen Geschlecht begehrt zu werden, das wie paralysiert keinen Widerstand gegen ihn aufbringen kann. Es verfällt ihm, was ihn wiederum zum Flirten reizt. Auch Caroline findet nicht die Kraft zum Aufbegehren. Er ist ein Player, ein kaltblütiger Herzensbrecher. Immer geht sein Spiel auf Kosten anderer. Er genießt es zu imponieren, Bewunderung hervorzurufen, beliebt zu sein. Die gegenteilige Wirkung zu erfahren, erträgt er nicht, denn er lebt in der Abhängigkeit der Meinung der anderen über ihn. Somit feilt er konstant an seinem Außenbild, strebt nach dessen Perfektion, während der Partner nie eine Ebenbürtigkeit erreichen wird. Er ist einfach nicht zufriedenzustellen! Die anderen benutzt er als seine Fangruppe zur Widerspiegelung seines Selbst, welches immerzu nur positiv ausfallen darf. Wem es gelingt, ihn zu durchschauen, empfindet Abscheu vor ihm. Dies geschieht aber selten oder eben zu spät! Der Narzisst selektiert ja im Vorhinein sein Publikum. In seiner angenommenen Einzigartigkeit widmet er seine Aufmerksamkeit nur ausgesuchten Menschen, andere sind seiner nicht würdig. Obendrein ist ihm eine einmalige Anerkennung nicht ausreichend! Und sogar eine oberflächliche Anerkennung ist ihm genehmer als gar keine; auch eine negative nimmt er im Gegensatz zu den meisten Menschen sogar gerne in Kauf, denn er interpretiert sie letztendlich als einen Beweis seiner Bedeutung. Und wisst ihr was? Unsere heutige Gesellschaft fördert den Typus des Narzissten, belohnt ihn! Sozial und beruflich gehört er zu den Gewinnern. Und zwar in jeder Sparte, sowohl im Arbeitsverhältnis wie beim Sport und in verwandtschaftlichen oder freundschaftlichen Beziehungen. Befördert durch unsere Fokussierung auf ihn. Wir zelebrieren ihn! Bewundern ihn, halten ihn hoch! Obwohl er zur dunklen Triade samt Psychopathen und Machiavellisten gehört! Ein äußerst gefährliches Triumvirat!"

„Wenn wir schon dabei sind, dann wollen wir doch das Psychogramm dieser Persönlichkeitsstörung vervollständigen!", urteilt Verdina. „Und leider treffen all die genannten und die nun folgenden Eigenschaften auf unseren Professor zu! Wir können ihn nicht freisprechen! Da wäre einmal das unmoralische Verhalten; er scheut nicht davor zurück, es zur Erlangung von kurzfristigen Vorteilen einzusetzen. Ethische Vorschriften haben für ihn keine Gültigkeit. Steht er etwa über ihnen? Er ignoriert sie, als wären sie unbedeutender Firlefanz. Was ihn in seinen Zielsetzungen hindert, übergeht er. Seine

*Täuschungsmanöver interpretiert er gar noch als geistreich und lacht sich ins Fäustchen über seine leicht errungenen Triumphe. Treue? Für ihn ein Fremdwort. Gilt für die anderen. Promiskuität hingegen willkommen! Je mehr Diversität, desto größer sein Genuss. Vor einer Partnerin ein Vergehen einzugestehen, eindeutig ein No-Go. Respekt vor den anderen? Das fehlte noch! Nein, er tritt mit Füßen alles, was sich ihm in den Weg stellt. Stolziert erhobenen Hauptes geradewegs seinem Ziel entgegen. Wie sieht es mit Reue aus? Unbekannter Begriff! Schuldgefühle? Unnötiger Ballast! Scham? Nutzloses Joch! Demut oder Dankbarkeit? Überlässt er den anderen! Ich könnte eine lange Liste mit negativ behafteten Adjektiven hinzufügen, aber es wird mir peinlich."*

*„Und das Thema Liebe? Wie steht es hiermit?",* unterbricht Uranda. *„Ein Tabu! Er wird dazu keine Meinung äußern, einfach irgendeiner Definition zustimmen, um in Ruhe gelassen zu werden. Seine eigene würde nicht gut ankommen. Jegliche Art von Herausforderung ist ihm eh unangenehm! Übrigens ist er so raffiniert, dass er, der ja keine Emotionen verspürt, sie wunderbar nachspielen kann. Als hervorragender Menschenkenner beobachtet er die Gefühle und Reaktionen der Personen um ihn herum. Deren Imitation fällt ihm nicht schwer. Reihenweise fallen wir auf seine perfekte Nachahmung herein. Es kommt aber mal wieder noch schlimmer! Denn er sucht sich bevorzugt Menschen aus, die ein starkes Einfühlungsvermögen besitzen. Die lassen sich leichter in die Opferrolle drängen! Bei Caroline hat er anhand ihres Einsatzes in der Flüchtlingshilfe erkannt, dass sie ein großes Herz und Mitgefühl für ihre Mitmenschen besitzt. Durch seine Lobeshymnen an sie erhöht er sich selber, bringt aber auch seine Scheinheiligkeit zutage. Denn er empfindet nichts für diese Menschen, verachtet sie im Grunde genommen. Dass jemand anderes sich um sie kümmert, dient seiner Entlastung."*

*„Lasst uns doch mal überlegen, was Caroline benötigt!"*, rät Sikulda. *„Sie muss ihre Autonomie zurückgewinnen, ihre Selbständigkeit. Um sich aus dem Bann dieser dysfunktionalen Beziehung zu lösen, muss sie Widerstand aufbauen und darin konsequent bleiben, obendrein schnell und energisch handeln. Denn Standfestigkeit bringt einen Narzissten aus dem Konzept! Unterlassen sollte sie hingegen, sich bei ihm für ihr verändertes Verhalten zu entschuldigen! Sie braucht Distanz zu ihm. Für eine emotionale Loslösung sollte sie ihn schlicht und einfach nicht mehr sehen. Sie sollte sich eine Auszeit nehmen, drei Monate verreisen oder woanders leben. Als Rentnerin ohne spezifische Aufgaben durchaus machbar! Sie sollte reflektieren, welche ihre eigenen Bedürfnisse sind, denn die hat sie ja das ganze letzte Jahr über vollkommen vernachlässigt. Auch nach ihren wahren Gefühlen forschen. Man sagt Tagebuch führen, öffne den Weg zur Heilung, erleichtere das Abnabeln. Man fände durch das Wiederkauen eventuell den Auslöser für das eigene Unwohlsein. Auch bekäme man Klarheit über den Preis, den man für die Beziehung zahle. Man gelange zur Einsicht, man habe sich alles nur schöngeredet, der Wahrheit nicht in die Augen geschaut. Und last but not least muss das finale Geständnis von sich selber reifen, die Beziehung sei endgültig gescheitert! Dieser Schritt ist unablässig, aber hart. Er stimmt traurig, denn niemand mag sich eingestehen, er habe aufs falsche Pferd gesetzt, er stehe nun vor den Trümmern der vergangenen Monate! Alles sei null und nichtig gewesen. Ein Trugbild! Nicht genug mit dieser schmerzhaften Erkenntnis; danach beginnt nämlich die nächste Arbeit; sie ist auch nicht ohne! Abbau der Abhängigkeit, zugleich Aufbau des Selbstvertrauens, der eigenständigen Meinungsbildung und Erlangung innerer Stabilität. Erholung dürfen wir nicht vergessen. Denn die Beziehung zu einem Narzissten ist anstrengend, erschöpfend! Caroline hat sich ständig für ihn*

verausgabt; die Liebe, die sie als Belohnung oder Kompensation erwartete, leider nie erhalten."

# Das i-Tüpfelchen

Caroline bewegte sich weiterhin in ihrem Hamsterrad. Ohne Vorwärtskommen. Ohne Änderung im Verhältnis zum Professor. Also weiterhin auf der Suche, mit dem Durchstöbern der Zeitungsannoncen beschäftigt. Somit lief es ihr kalt über den Rücken, als sie eine zu Gesicht bekam, in der sie seine Handschrift zu erkennen glaubte. Die komplette Beschreibung traf auf ihn zu: Sein Alter, seine berufliche Laufbahn, aber vor allem die Betonung, immerhin zweimal in einer kleinen Annonce, seiner Sportlichkeit. Ja, die war ihm wichtig. Sein Wohnbezirk war auch angegeben. Dann war ihm noch ein kleiner Rechtschreibfehler unterlaufen, den die Redaktion nicht korrigiert hatte. *„Da sieht man wieder, wie ich ihm fehle! Nicht einmal einen Zweizeiler kann er ohne meine Hilfe bewältigen!"*, schmunzelte Caroline in sich hinein. Ein kleiner Triumph, der aufgrund einer weiteren für sie erschütternden Entdeckung nicht wirklich auszukosten war: *„Ein Leid alleine reicht nicht. Denn bei seinem Alter schreibt er hier 76, also ein Jahr jünger als er tatsächlich ist. Das ist weder ein Versehen, noch will er sich dadurch verjüngen. Nein, ein Jahr spielt doch gar keine Rolle. Der Grund liegt woanders begraben: Diese Annonce ist nicht die erste, die er aufgibt. Nein, er hat davor, im Laufe des letzten Jahres, bereits mindestens eine aufgegeben. Hinter meinem Rücken! Suchte nach einer Partnerin, denn den Ausdruck benutzt er im Inserat, während er mich umgarnt, an ihn gebunden hält, als bedeute ich ihm viel. Falschmünzer! Unheilbar! Unverbesserlich! Wiederholungstäter! Auf dem gleichen und auf verschiedenen Gebieten! Unverzeihlich!"*

So schimpfte Caroline in ihrer Wut vor sich hin. Wieder überkam sie Ohnmacht und Verzweiflung. Wieder stand sie vor einer Enttäuschung. Noch einmal unternahm sie die Flucht nach vorn: *„Ich schreibe ihm ein Antwortschreiben. Unter einem fiktiven Namen und ich gebe meine zweite*

*Festnetztelefonnummer an, die ganz verschieden von meiner üblichen ist. Und im Text, ja, da muss ich enorm aufpassen. Ich möchte nicht viel preisgeben, es muss aber interessant klingen, damit er auf mich aufmerksam wird. Denn der Konkurrenzkampf wird hart! Auf einen sportlichen Herrn, finanziell unabhängig, stürzen sich die Frauen bestimmt! Sie werden ihm alles anbieten, was sie auf Lager haben! Ich hingegen muss alles verheimlichen, nebulös wirken, vielleicht schluckt er meinen Angelhaken!"*

Sie war zufrieden mit ihrem Werk und schickte das Schreiben per Post ab. Das Procedere der Zeitungen war ihr bekannt: Es wurden mehrere Briefe gesammelt und zusammen in einem Kuvert an den Adressaten gesandt. Wohl aus Sparsamkeitsgründen. Eine Woche Karenzzeit. Wartezeit. Überbrückungszeit, in der sie noch keine konkrete Konkurrentin zu befürchten hatte. Zeit, um über ein mögliches Telefonat mit ihm nachzudenken! Sie witterte ein Problem: *„Wenn er mich von seiner normalen Nummer anruft, weiß ich ja nicht, wen er im Visier hat: Die andere, die vom Antwortschreiben, oder mich! Also muss ich ab jetzt bei jedem seiner Anrufe gut aufpassen."*

Sie trainierte verschiedene Antwortvarianten am Hörer aus, welche, die sie nicht im Handumdrehen als Caroline zu erkennen geben sollten. Dann schrieb sie auf einem Zettel, den sie neben das Telefongerät platzierte, ihr fiktives Curriculum auf. Sie hatte Angst, bei einem reellen Gespräch durcheinander zu kommen und sich zu widersprechen. Sie würde bestimmt nervös werden, aus dem Konzept geraten. Sie wollte als Soziologin auftreten, die bei einer großen Firma im Personalbüro gearbeitet hatte. Es musste ein Fachgebiet sein, in dem er nicht zu firm war, damit er sie mit Fragen nicht sofort zu widersprüchlichen Aussagen provozieren konnte. Als nun der erste, befürchtete Samstag eintrat, zitterte sie den ganzen Tag. Sie stellte sich vor, wie er seinen Posthaufen durchging, Briefumschlag um

Briefumschlag mit großer Neugierde und Erwartung aufbrach und genüsslich die guten ins Töpfchen, die schlechten ins Kröpfchen legte. Die Auserwählten würde er dann nacheinander anrufen, Verabredungen mit einigen vereinbaren.

Caroline war an diesem Samstag zu nichts zu gebrauchen. Die Nerven gingen bei ihr durch. In Erwartung eines Anrufs des Angeschriebenen, obwohl sie genau wusste, dass ihr Schreiben nicht unter den Top Ten lag, dass sie sich noch einige Tage gedulden musste. Wenn sie überhaupt an die Reihe kam. Wenn er nicht doch seine Dulcinea unter den ersten fand. Am Abend sein Anruf. An Caroline gerichtet. Ihr fiel ein Stein vom Herzen. Noch hatte er sie nicht aufgegeben. Noch hing er an ihr. Und berichtete. Er war mit einem befreundeten Ehepaar den ganzen Tag unterwegs gewesen. *„Und ich habe mir seinen Tagesablauf ganz anders ausgemalt! Ich Idiot! Mache mich kaputt und dabei ist nur Harmloses passiert! Seine Stimme genauso wie üblich. Wenn er diese Briefe erhalten hätte, wäre er stolz wie Oscar. Aber nein. Habe ich mich getäuscht? Oder sind sie noch nicht da? Dann wohl erst am Montag!"*

Die Tortur aufs Neue verschoben. Am Montag das gleiche Unwohlsein bei Caroline, Unfähigkeit zur Konzentration. Endlich abends ein Anruf von ihm. Aber was war mit seiner Stimme? *„Hast du dich erkältet?"*, fragte sie besorgt nach. Ja, es ging ihm bereits am Wochenende schlecht, er müsse sich immer wieder hinlegen. *„In dem Zustand wird er sich sicherlich mit keiner Dame verabreden können. Auch ein Anruf ist zwecklos. So stellt man sich nicht einer Unbekannten vor. Man möchte doch vor Gesundheit strotzen. Er sowieso! Also wieder alles um einige Tage hinausgezögert. Dies wird zum Geduldsspiel! Hoffentlich vergesse ich bis zum Ernstfall nicht mein Doppelleben, meine erlernte Rolle!"*

Die Woche verging mit täglichen Telefonaten vom

Professor. Seine gesundheitliche Verfassung immer noch hörbar miserabel. Dass Caroline ebenfalls an einem Schnupfen und Husten litt, das schien er nicht zu bemerken. Alle ihre Freundinnen hörten am Telefon die veränderte Stimmlage heraus, nur er nicht. Nahm mal wieder ihre Probleme nicht wahr, nur die eigenen zählten. *„Typisch! Er allein verdient Aufmerksamkeit! Der Rest kann sozusagen verrecken!"* Dann wieder der Samstag und er dem Anschein nach genesen. Nochmalige Höllenzustände für Caroline: *„Jetzt verabredet er sich mit den neuen Damen. Kein Wunder, dass er für mich in den nächsten Tagen, obwohl wunderschönes Wetter angesagt ist, keinen Termin vereinbart. Er möchte nur mit ihnen Treffen festlegen. Das treibt mich noch in den Wahnsinn!"*

Nachdem sie einige Erledigungen getätigt hatte, etliche Stunden unterwegs gewesen war, fand sie nach ihrer Heimkehr eine Mail vor. Von ihm! Mit Reiseangeboten nach China. Sie hatte ihm nämlich von ihrer Absicht erzählt, mit ihrem ältesten Enkel dorthin reisen zu wollen. Sie hätte aber keine Gruppenreise in der Zeit gefunden, in der der junge Mann Urlaub hatte. Da es sich wohl um die dortige Regen- bzw. Urlaubszeit handelte, standen nur Individualreisen zur Verfügung. Diese waren ihr einerseits zu teuer, andrerseits wollte sie nicht zwei bis drei Wochen lang ausschließlich Johannes gegenübersitzen. Sie befürchtete, ein zu enges Beisammensein könne Aggressionen hervorrufen. Während Caroline sich also ständig vor Augen gehalten hatte, wie ihr Professor angeblich den langen Vormittag mit unzähligen Telefonaten an alleinstehende, kontakthungrige Damen verbracht hatte, war dem absolut nicht so gewesen! Denn er hatte sich die Mühe gemacht, im Internet mehrfach zu recherchieren und auch seine Reisekataloge hatte er durchforstet. Caroline schmolz dahin! *„Ich bin ekelhaft, mache ihm Vorhaltungen, er würde mich hintergehen und dabei investiert er seine Zeit für mich! Kenne ich ihn* überhaupt? Ist er ein Januskopf oder doch nicht? Ich werde nicht schlau aus ihm! Ich unterstelle ihm, ein König Blaubart zu sein, der in seinem Keller einen Stapel ermordeter Frauen aufbewahrt, der mir den Schlüssel in die verbotenen Kammern verwehrt, der mir keinen Einblick in die obskuren Seiten seines Seins, seiner Seele konzediert, der mich in die Dunkelheit verbannt, mich wahrscheinlich voller Genuss umherirren, umhertasten lässt und sich eventuell ins Fäustchen lacht! Geht er mit allen Frauen so um? Meines Erachtens schon. Und wir spielen mit! Zumindest diejenigen, die ihm verfallen. Um welche Zahl handelt es sich? Nicht abschätzbar. Schauderhaft!"*

Die Weihnachtszeit kam näher und auf ihren Fersen Silvester. Er machte keine Anstalten, Erkundigungen über ihre Pläne zur Begehung des Jahresendes einzuholen. Er schwieg, sie schwieg. Was sollte sie anderes tun? Sie nahm an, er würde wie im Jahre davor eine Veranstaltung in seiner Ortschaft aufsuchen. Mit seinen dortigen Freunden und… Freundinnen. Die Eifersucht packte sie! *„Am liebsten würde ich mit einem Galan dort auftauchen, um ihn endlich in Aktion zu beobachten! Aber woher soll ich den kriegen? Und ich habe auch keine Freundin, die mich begleiten könnte. Sie sind alle verheiratet, feiern in ihren Kreisen. Schade, dass die Zeit des Maskentragens wie bei früheren Maskenbällen oder im venezianischen Karneval üblich, nun schon lange vorbei ist! Sonst hätte ich unbemerkt im Saal auftauchen und ihn bei seinen Vergnügungen ertappen können. Wär' ich doch als Mann geboren! Dann könnte ich mich ohne Schaden für meinen Ruf uneingeschränkt bewegen! Als Frau steht mir so vieles nicht zu! Mag sein, dass ich zu altmodisch, nicht waghalsig genug bin."*

Die Eifersucht auf Unbekannt trieb Caroline so weit, dass sie sogar vom Anruf des Professors an ihr zweites Ego träumte, also an die vermeintliche Antwortschreiberin auf seine Annonce. *„Franziska?"*, klang es durch den Hörer.

Caroline so erschüttert, dass sie umgehend auflegte. Alles nur im Traum, im Albtraum. Denn das wahre Telefonat fand nie statt. Weder von ihm noch von einem anderen Inserenten. Demnach blieb die Frage offen, ob der Professor tatsächlich der Täter gewesen war oder jemand anderes. Für Caroline keine befriedigende Situation. Weiterhin Rätselraten angesagt. Als Silvester vorbei war, rief er an, äußerte die üblichen Wünsche fürs antretende Jahr, fragte nicht nach, wo sie gefeiert hätte, ganz offensichtlich, um sich nicht der gleichen Frage ausgesetzt zu sehen. *„Seine Geheimniskrämerei treibt mich mal wieder in die Verzweiflung! Wann wird er erwachsen? Wenn ich bedenke, dass sogar Johannes ihn als Halbwüchsigen bezeichnet hat, als unreif in seinem Gebaren, mir zusätzlich riet, ihn zappeln zu lassen, nicht sofort auf seine Nachrichten zu reagieren, ein gerade 18-Jähriger, der den Senior durchschaut hat. Und Petra? Meinte: „Lass ihn fallen. Aus dieser Beziehung wird nichts! Hände weg!" Leichter gesagt, als getan! Her mit dem Rezept, damit es mir gelingt!"*

Am Jahresanfang bilden sich neue Vorsätze heraus. Was man nicht alles ändern, besser machen möchte! Horoskope werden mit Akribie gelesen! Und so kam Caroline auf die Idee, die Wesensbeschreibung für den Professor unter die Lupe zu nehmen. Vielleicht würde sie hier eine Erklärung für seine Eigenarten finden, vielleicht mehr Verständnis für sie aufbringen, sie leichter akzeptieren. Immerhin, wenn die Sterne ihn bestimmten, wenn sein freier Wille eingeschränkt war, welche Schuld traf ihn dann, was konnte er schon dagegen unternehmen?

Die Jungfrau wird beherrscht vom Prinzip des Intellekts und des Verstandes. Das traf genau auf ihn zu! Ein genauer, kritischer Beobachter. Volltreffer! Er denke analytisch, sei sachbezogen, fleißig und pflichtbewusst. Aber gleichzeitig pedantisch, rechthaberisch und kleinlich. Sein Lebensmotto hieße: Ich und meine Arbeit, ich und mein

Alltag. Im Klartext: Egoistisch, egozentrisch. Leider ebenfalls zutreffend! Aber es bedeute auch, dass er hohe Anforderungen an sich selber sowie an andere stelle. Gekoppelt mit Besserwisserei über jeden und alles! Damit verbunden ständiges Sorgen, bei ihm in erster Linie in Hinblick auf die wirtschaftliche Lage des Landes. Rosige Aussichten ausgeschlossen! Carolines Versuche der Beruhigung, da ihm direkt, in seiner Situation als Rentner, also für seine verbleibende Lebenszeit, kein Nachteil entstehen würde, immerfort zum Fehlschlag verurteilt. Das Thema ließ ihm dennoch keine Ruhe. Er prüfe sein Gegenüber eingehend und er entpuppe sich nach dessen bestandenen Test als bedingungslos loyal. *„Entweder befinde ich mich noch in der Prüfungsphase oder ich bin bereits krachend durchgefallen!“*, mutmaßte Caroline. *„Hoffentlich bewahrheitet sich diese Theorie bald!“* Sein Partner müsse logisch denken können und praktisch veranlagt sein. Seine Ansprüche demnach hoch! *„Wunderbar! Diese Eigenschaften bringe ich doch mit!“* Und dann die Ernüchterung: Er heirate spät. *"Genau sein Fall. Hat spät geheiratet, früh die Scheidung eingereicht und die Entscheidung für eine Partnerschaft lässt lange auf sich warten…"* Ebenso ein Beweis dafür, dass sein Bedarf an Romantik, Zärtlichkeit oder Leidenschaft sich in Grenzen halte. Ähnlich selten seien seine Gefühlsausbrüche. Und dann die aller offensichtlichste Eigenschaft: Er sei geizig, könne aber gut mit Geld umgehen. *„Beides hat er oft genug bewiesen! Bevor wir ein Restaurant überhaupt betreten, ringt er innerlich mit sich, ob diese Ausgabe überhaupt in Frage kommt. Andrerseits hat er aus dem Nichts ein relativ großes Vermögen aufgebaut mit Eigenheim usw. Wahrscheinlich in Verbindung mit großer oder gar übertriebener Sparsamkeit. Man schreibt der Jungfrau ja sogar ein nahezu erotisches Verhältnis zu ihrem Bankkonto zu. Offenkundig ein fehlgeleiteter Instinkt. Würde mir anders besser munden!“*

Der Höhepunkt sollte aber noch folgen. Direkt in Bezug auf Caroline, auf ihr Sternzeichen, jenes des Skorpions! Die Jungfrau interessiert sich geradewegs für dieses astrologische Zeichen, da sie seine Denkweise und seine Reaktionen im Voraus genau kennt, sozusagen ein einfaches Spielfeld vorfindet. Manipulation, kombiniert mit Charme, gelingen so gut, dass ein Skorpion kaum Widerstand leisten, der Jungfrau widerstandslos verfallen wird. *„Ich brauche mir nicht einmal einen Spiegel vorzuhalten!"*, überlegte Caroline kurzerhand. *„Ich hätte ja nie etwas auf Horoskope oder Beschreibungen einer Wesensart anhand eines bestimmten Sternzeichens gegeben. Ich muss also meine Meinung revidieren, denn offensichtlich trifft einiges zu!"*

Zur Entspannung schaltete Caroline Musik auf YouTube ein. Ein Lied von Shakira. *„No"*, *„Nein"*. Ein trauriges Chanson. Shakira laufen während des Singens die Tränen über die Wangen. Eine Frau befreit sich aus einer zerstörerischen Beziehung. Sie bittet ihren Geliebten, sich nicht zu entschuldigen und zugleich nicht auf ihr Zusammenbleiben zu beharren. Seine Rhetorik sei seine tödlichste Waffe. Er habe ihr Schmerz zugefügt, obwohl er in seinem Alter bereits wissen müsse, was es bedeute, jemandem das Herz zu brechen. Sie insistiert, dass man mit so viel Gift nicht leben könne. Die Hoffnung auf eine Zweisamkeit hat sie inzwischen aufgegeben, ihre Geduld sei am Ende. Er soll verschwinden und nicht mehr wiederkommen. Der Refrain steigert sich gegen Ende in: *„Man kann mit so viel Gift nicht sterben!"* Um ihrem Freund zu entkommen, legt sich die Sängerin Schmetterlingsflügel an. Symbolisch dafür, dass sie sich mit normalen Mitteln seinem Charme nicht entziehen kann. Caroline sah ihre eigene Situation in der dieser enttäuschten Frau widergespiegelt: *„Auch ich bräuchte übernatürliche Kräfte, um mich vom Professor zu befreien. Einfach so schaffe ich es nicht. Und unsere Beziehung ist ebenfalls vergiftet. Und zwar* dermaßen, dass ich nur dahinvegetiere, dass sie mir den Atem zum Leben raubt, mich erstickt, mich abnabelt von einer gesunden Normalität. Danke Shakira für diesen Spiegel. Für wie viele verzweifelte Leidende hast du dieses Lied geschrieben? Wie viele von ihnen haben reagiert, haben die Realität begriffen und es geschafft, in die Freiheit zu entfliehen? Ein einfaches „Nein" wäre ausreichend und dennoch so schwer auszusprechen!"

Auch Olivia Rodrigo, die US-amerikanische Schauspielerin und Sängerin, besingt in ihrem Lied „Vampire" eine selbst erlebte toxische Beziehung. Das Thema demnach heutzutage in aller Munde, hochaktuell! Olivia greift ihren Lover bereits in den ersten Zeilen an. Sie wirft ihm vor, sich nicht für die Menschen zu interessieren, obwohl er das Gegenteil behauptet. Exaktes Merkmal des Narzissten! Die sechs mit ihm verbrachten Monate bezeichnet sie als Folter. Genau Carolines Fall, denn sie konnte nur kurze Glücksmomente wahrnehmen, die durch Zweifel an des Professors Integrität sofort wie ein Kartenhaus in sich zusammenfielen. Das Schlimmste für Olivia ist, dass sie ihn tatsächlich geliebt hat, wofür er sie gewiss auslacht. Bei Caroline nicht viel anders. Olivia macht sich selber Vorwürfe, denn sie hätte Verdacht schöpfen müssen, dass er mit seinen nächtlichen Auftritten bei ihr etwas verdecken wollte. An Geheimnistuerei fehlt es Carolines Professor ebenfalls nicht! Er sei ein Vampir, ein Blutsauger, erklärt Olivia. Das erinnert an den von Caroline gezogenen Vergleich mit Picasso! Und beide Frauen, sowohl Olivia wie Caroline, haben die Warnungen der Freundinnen überhört. Denn diese Männer klingen überzeugend, lügen, ohne mit der Wimper zu zucken. Sie wirken hypnotisierend und lähmend. Zum Schluss gelangt Olivia zur wahrlich härtesten Erkenntnis, er könne niemanden lieben, denn er besitze kein Herz. Caroline könnte hinzufügen: Nur für sich selber, nicht aber für andere!

Caroline konnte sich des Eindrucks nicht erwehren, dass die Begriffe Narzissmus und toxische Liebe allgegenwärtig waren. Denn, als sie beim Arztbesuch eine Frauenzeitschrift öffnete, schon wieder ein Interview mit einer bekannten Persönlichkeit über eine solche selbst erlebte Beziehungsart. *„Geschieht es womöglich wie bei der Bezeichnung Legasthenie, Dyskalkulie, Autismus bzw. ADHS, mit denen derzeit schnellstens Störungen abgestempelt werden? Machen wir es uns mit dieser Schablonisierung vielleicht zu einfach?"*, stellte Caroline die gemachten Beobachtungen in Frage.

Nachdem ihr die Musik nicht weitergeholfen hatte, wandte sich Caroline der Literatur zu. Vielleicht böten ihr ähnliche Erfahrungen anderer Betroffenen einen akzeptablen Ausweg aus ihrer Sackgasse. Der Erzähler, David Kepesh in Philip Roths *„Das sterbende Tier"*, beklagt sich in äußerst humorvoller Weise über das Verhältnis zu seiner um vierzig Jahre jüngeren Geliebten: *„In Hinblick auf Consuela fehlt mir die Autorität, die ich für mein inneres Gleichgewicht brauche, und dabei kommt sie gerade wegen dieser Autorität."* (Er ist nämlich ihr Literaturprofessor.) *„Genauso geht es mir auch!"*, dachte Caroline. *„Zu mir hält mein Professor immer noch aufgrund meiner Beherrschtheit. Die, die er von mir präsentiert bekommt! Nicht meine wahre innere Spaltung, Ungewissheit, Zerrissenheit! Ob er ahnt, dass ich ständig an ihn denke, nicht damit aufhören kann? Dass ich mich dafür ohrfeigen möchte?"* Der besagte Erzähler gelangt zu dem Schluss: *„dann befreie dich von ihr! Du musst es tun. Es ist eine endlose Sache geworden. Wo bleibt die Erfüllung, das Gefühl zu besitzen?"* *„Das ich nicht lache!"*, gestand sich Caroline ein. *„Der Autor weiß genau, wovon er spricht! Er kennt sich aus! Lässt den Erzähler exakt meine Gefühle wiedergeben! Als hätte er in meine Seele geschaut! Was soll ich da noch hinzufügen? Dass es mir ebenso geht, dass ich ebenso wenig den Befreiungsschlag durchführen kann?"* Die

Gemeinsamkeiten mehren sich: *„Wie kann ich Consuela einfangen?"*, forscht David in sich hinein. *„Der Gedanke ist moralisch erniedrigend, und doch ist er da." „Vollkommen richtig!"*, kommentierte Caroline. *„Kein Wunder! Es geht uns Liebenden allen gleich: Wir möchten den anderen vereinnahmen, auch wenn dieser Gedanke inzwischen abstoßend wirkt, vielleicht veraltet ist. Denn jedem muss eine gewisse Freiheit gewährt sein."* Am ernüchterndsten sind schließlich die Worte George's, Davids Freund, über dessen Verhältnis zu Consuela: *„Dieser Frau gegenüber wirst du immer machtlos sein. Du wirst nie derjenige sein, der das Sagen hat. Das ist etwas, das dich verrückt macht, und es wird immer da sein. Wenn du den Kontakt nicht ein für alle Mal abbrichst, wird dieses Etwas dich zerstören. Bei dieser Frau reagierst du nicht mehr auf ein natürliches Bedürfnis. Das ist Pathologie in Reinkultur. Pass auf..." „Genau dies sagen mir immerfort meine Freundinnen und ich mag gar nicht hinhören!"*, bestätigte Caroline. *„Es ist gut so, dass ich es auch von anderen Seiten zu hören bekomme. Durch mehrfache Wiederholung wirkt es im Endeffekt auf mich ein und ich werde dann vielleicht reagieren können. Auf eine korrekte, befreiende Art!"* Dabei beginnt jede Beziehung über die Pforte der Konversation: *„Warum tut man das? Nun ja, irgendetwas muss man schließlich tun. Das sind die Schleier des Tanzes."* Verhüllung und Verstecken der wahren Motive mittels mehr oder weniger belangloser Gespräche. Sie gehören zum Umwerben dazu: *„Das Abschweifen ist vermutlich ein Teil des Zaubers."* Denn *„hier geht es um ... den Versuch, Lust in etwas gesellschaftlich Angemessenes zu verwandeln." „Und wie lange spiele ich dieses Spielchen schon mit?"*, fragte sich Caroline enttäuscht. *„Trotz alledem kein Vorwärtskommen!"* Und dieser unerbittliche Freund des Erzählers lässt nicht nach mit seinen Ermahnungen und Offenbarungen: *„Die einzige Obsession, die jeder will: Liebe. Die Leute denken, wenn sie sich verlieben, werden sie ganz?*

Die platonische Vereinigung der Seelen? Ich glaube, es ist anders. Ich glaube, dass man ganz ist, bevor alles anfängt. Und dass die Liebe einen zerbricht. Man ist ganz, und dann wird man in Stücke gebrochen. Sie war ein Fremdkörper, der in deine Ganzheit eingedrungen ist. Und eineinhalb Jahre lang hast du darum gekämpft, ihn zu integrieren. Aber du wirst nie wieder ganz sein, bevor du diesen Fremdkörper nicht abgestoßen hast. Entweder du stößt ihn ab oder du integrierst ihn durch Verrenkung. Das hast du versucht, und das war es, was dich verrückt gemacht hat." „Oh jemine! Eine abstruse Art, Liebe zu definieren! Darauf wäre ich nicht gekommen!", erschauderte Caroline. „Keine romantische Vorstellung, eher eine destruktive! George nimmt mir die Illusionen einer liebevollen Verbindung. Auch der Erzähler kann sich nicht das gefährliche Potenzial von seiner Consuela vorstellen. Aber ich muss anerkennen, dass mein Professor mir in vielen Aspekten fremd, unnahbar, unverständlich geblieben ist. Eben sein Reiz! Und hier der Rat, von ihm Abstand zu nehmen! George bläut es seinem Freund regelrecht ein! David hat es nötig, genauso wie ich!" George lässt nicht locker: „Bindung ist verderblich, Bindung ist ein Feind. Joseph Conrad: Wer eine Bindung eingeht, ist verloren. Dass du hier sitzt und ein solches Gesicht machst, ist absurd. Du hast einen Eindruck davon bekommen. Reicht das nicht? Und wovon bekommst du schon jemals mehr als einen Eindruck? Das ist alles, was wir im Leben bekommen. Einen Eindruck. Mehr gibt es nicht." Dermaßen hart fällt Georges Urteil aus. Und Caroline? „Mehr als die Oberfläche bekommt man nicht mit, erfährt man nicht? Man sollte keinerlei Bindung eingehen? Dabei ist es doch das, was ich suche, was ich brauche! Nein, so pessimistisch möchte ich nicht sein. Obwohl ich nicht gerade Beweise für das Gegenteil besitze – bis jetzt nicht! Ich bin hin und her gerissen, ob ich Georges Ansichten teilen und befolgen sollte!" Derweil spinnt David diese Idee der

Bindung noch weiter: *„Freiwillig seine Freiheit aufgeben –
das ist die Definition von Lächerlichkeit. Wenn einem die
Freiheit gewaltsam genommen wird, ist man natürlich nicht
lächerlich, es sei denn für den, der sie einem gewaltsam
genommen hat. Doch wer seine Freiheit aufgibt, wer darauf
brennt, sie aufzugeben, tritt ein in das Reich der
Lächerlichkeit, das an die berühmtesten Stücke Ionescos
erinnert und in der Literatur die Inspiration für Komödien ist.
Wer frei ist, mag verrückt, dumm, abstoßend oder unglücklich
sein, eben weil er frei ist, doch er ist gewiss nicht lächerlich.
Als menschliches Wesen besitzt er eine Dimension.“* „Was
soll denn das schon wieder bedeuten?“*, zog Caroline diese
Aussagen in Zweifel. *„Nein, ich bin lieber lächerlich als
einsam! Ich verzichte mit Vergnügen auf meine Freiheit, wenn
ich dafür etwas erhalte, und zwar Liebe, Geborgenheit,
Anteilnahme. Ich pfeife auf die gepriesene Dimension. Was
bringt sie mir denn? Einen Heiligenschein? Etwa das
ersehnte Glücksempfinden, das bei mir eine hohe Priorität
hat? David benutzt leere Worte und versucht ihnen einen Sinn
einzuhauchen. Ich lasse mich nicht in die Irre führen. Mein
Weg – lächerlich hin oder her – ist auf Zweisamkeit
ausgerichtet. Natürlich möchte ich nicht wie Davids
verheirateter Sohn Kenny agieren, der dabei ist,* „den kleinen
Provinzknast seiner gegenwärtigen Ehe gegen ein
Hochsicherheitsgefängnis einzutauschen. Unterwegs von
einer Zelle in die andere.“* Kenny fliegt nämlich zu den Eltern
seiner Geliebten nach Florida, um sich ihnen vorzustellen.
Nach Davids Ansicht hat er dort nichts zu suchen, aber nicht
aus einer moralischen Einstellung heraus. Er soll seine
Freiheit verteidigen, sie nicht aufs Spiel setzen, sich nicht der
Gefahr der Inbesitznahme durch die Eltern der Geliebten
aussetzen. Nein, für mich persönlich ist eine lose Bindung,
keine Bindung“*, schlussfolgerte Caroline.

# Die Suche nach Trost

Unterdessen gingen die Begegnungen mit dem Professor im gewohnten Rhythmus weiter. Eines Abends hatten sie sich zum Besuch einer Veranstaltung verabredet. In den Tagen zuvor hatte die Deutsche Bahn tagelang gestreikt. Aber zum Glück nahm sie ihre Arbeit an dem Montag in der Früh wieder auf, an dem die beiden sich treffen wollten. Im Radio wurde zwar gewarnt, dass ein normaler Bahnverkehr eine gewisse Anlaufzeit benötige, dass man im Laufe des Tages noch mit Verspätungen rechnen müsse. Der Professor ließ sich von diesen pessimistischen Vorhersagen nicht beeinflussen: *„Bis zum späten Nachmittag wird sich alles normalisiert haben!"* Seine Zuversicht sollte sich nicht auszahlen. Denn schon als Caroline sich auf dem Weg zu ihrer U-Bahn befand, erhielt sie einen Anruf auf ihr Handy: *„Leider fällt meine S-Bahn aus. Ich werde um 20 Minuten verspätet am vereinbarten Gleis ankommen." „Okay. Mach dir keine Sorgen. Ich schaue schon mal nach der besten Möglichkeit für uns, um dann weiterzukommen."* Denn sie mussten nicht nur mit einer U-Bahn einige Stationen fahren, sondern anschließend noch in einen Bus steigen. Der Veranstaltungsort am anderen Ende der Stadt. Als sie endlich nebeneinander im Wagon saßen, bezwang der Professor weder seinen Unmut noch seine schlechte Laune. Dass ihm eine Fehleinschätzung unterlaufen war, nervte ihn sichtlich. Seinen Ärger konnte er nicht nur nicht unterdrücken, er wälzte ihn auf Caroline ab. Sie erinnerte sich an seine ungerechte Behandlung nach einer Bergtour, bei der er einen Schwächeanfall erlitten hatte. Mal wieder traf sie keinerlei Schuld, mal wieder leistete sie ohne Aufbegehren, ohne jegliche Kritik Unterstützung. *„Du unterbrichst mich andauernd!"*, bekam sie zu hören. Dabei stellte sie nur harmlose Fragen, um ihn von seinem Missgeschick abzulenken. *„Du weißt mal wieder alles besser!"*, ertönte es in ihren Ohren. Dabei hatte sie nur seine eigenen Worte zusammengefasst. Wie damals am See verkroch sie sich in sich selber, verharrte in ihrem Kokon, verhielt sich ruhig, vermied jegliche Konfrontation. Welchem Zwecke diente diese subtile Schikane? Als eine solche empfand sie Caroline. Zur Intensivierung ihrer Unterwerfung, zur Betonung ihrer Knechtung? Zur Erlangung der vollständigen Macht über ihre Seele? Auf jeden Fall zu ihrer Verunsicherung. Endlich gelangten sie zum Vortragsort. Dort begegneten sie der Erlösung, denn der Sektempfang stimmte ihn freudiger, sanfter. Nach der Rede begaben sie sich in das bereits gut gefüllte Foyer, in dem ein Imbiss geboten wurde. Auf der Suche nach einem Cocktailtisch erfuhr Caroline das zweite Déjà-vu dieses Abends. Der Professor verschmähte nämlich jene Tische, an denen ein einziger Mann stand, und ging schnurstracks auf einen zu, an dem eine einzelne Dame weilte. *„Typisch!"*, überlegte Caroline. *„Bei einer Frau kann er mühelos Eindruck schinden, bei einem Mann wäre es anstrengender, womöglich geriete er in einen geistigen Wettkampf mit ihm. Diese Dame ist nicht besonders hübsch oder durch extravagante Kleidung anziehend, aber bei ihr erhofft er sich, schnell zu imponieren, leicht zu brillieren."* Sofort redete der Professor auf die Unbekannte ein und es ergab sich ein intensives Gesprächsduell. Caroline begnügte sich mit der Essensaufnahme. Es dauerte nicht lange und es gesellten sich noch drei weitere Personen zu ihnen. Die Unterhaltung wurde dadurch angeregter. Und plötzlich meinte die Dame zum Professor und Caroline: *„Ein Ehepaar sind Sie nicht, aber Sie kennen sich bestimmt schon lange!"* Worauf der Professor spitzfindig antwortete: *„Selbstverständlich! Seit heute 19 Uhr!"* Und Caroline übertraf seine Gewieftheit, indem sie ihn korrigierte: *„Nein, seit 17 Uhr 45!"*, das war nämlich der Zeitpunkt, zu dem sie sich am Gleis getroffen hatten. Caroline nahm durch die Bemerkung der Dame ihr Außenbild wahr: Ihre beider

Zutraulichkeit und Hingezogenheit fielen einem Betrachter offensichtlich auf. Es schmeichelte ihr, dass ein Fremder das Verbindende zwischen ihnen dermaßen schnell, sozusagen auf den ersten Blick, erkannte. Für sie ein wohliges Gefühl, ein Beweis dafür, dass der Professor doch etwas für sie empfinden musste, da ein Außenstehender seine Zuneigung unmittelbar, nach sehr kurzer Zeit registrierte. Schon oft hatte sie bei Wanderungen ebensolche Blicke von Fremden erhascht. Man grüßt Unbekannte in der Natur, welche sozusagen als einigendes oder nivellierendes Element fungiert. Manchmal hatte der Professor seinen Arm um Carolines Schulter gelegt, was ihre Zugehörigkeit zur Schau stellte. Manch Wanderer lächelte ihnen zu, sichtlich angetan von dem einvernehmlichen Paar, dem er begegnete. Caroline konnte sich des Eindrucks nicht erwehren, dass sie als Gespann Harmonie, Zufriedenheit, Eintracht sowie ihre innige Verbindung ausstrahlten. Der Betrachter nahm sie als Einheit wahr. Und Caroline bekam die Reflexion dieser fremden Erkenntnis freudig zu spüren. Leider holte sie die Wirklichkeit unversehens aus ihrer behaglichen Gedankenwelt heraus, denn auf einmal stürzte sich eine Frau auf den Professor. Man sah ihr an, welche Wonne ihr diese Begegnung bereitete, wie viel sie ihr bedeutete! Sie strahlte über das ganze Gesicht! Und Caroline kam sie bekannt vor. Sie erinnerte sich. Sie hatte sie bei einer anderen Veranstaltung ebenda bereits angetroffen. Zu dem Zeitpunkt war der Professor verreist gewesen. Caroline hatte sogar direkt mit ihr so wie einigen anderen Personen an einem Cocktailtischchen gestanden und mit ihnen eine Unterhaltung geführt. Aber welch ein Unterschied! Während bei der damaligen Begegnung die besagte Dame leblos, trist, vielleicht sogar depressiv wirkte, gab sie nun ein ganz anderes Bild von sich ab! Sie war unmittelbar aufgeblüht, temperamentvoll, feurig und euphorisch geworden. Nicht wiederzuerkennen! Eindeutig sein Werk! Durch seine Präsenz mutierte sie zu einem ungestümen, unkontrollierten Wesen. Welche Erinnerungen tauchten wohl in ihrem Gedächtnis auf? Welche Erlebnisse hatte sie mit ihm geteilt? *Immer wieder diese Verletzungen!"*, gestand sich Caroline. *„Er wird mir natürlich nie erzählen, was sie verbindet, welchen Stellenwert sie in seinem Leben hat oder gehabt hat. Wie immer kann ich mich nur in Geduld üben und schlucken!"*

Da der Professor keine Anstalten machte, sie zumindest Caroline vorzustellen, verschwand diese kurzerhand zur Toilette. Als sie zurückkam, hatte sich die Bekannte bereits entfernt. Kurz darauf meinte der Professor, sie könnten langsam den Heimweg antreten. Er begab sich zur Toilette und anstatt an ihren Tisch zurückzukehren, ging er geradewegs zu jenem der besagten Bekannten. Caroline sah, wie er ihr, seiner Gewohnheit entsprechend, einen Abschiedskuss auf die Wangen verabreichte. Aber was war das? Die Dame, von etwas kleiner Statur, umklammerte seinen Nacken, neigte somit seinen Kopf näher an den ihrigen heran. Womöglich um ihn auf den Mund zu küssen? Das konnte Caroline aus ihrer Entfernung nicht erkennen. Das Gesehene reichte ihr! Sie verabschiedete sich kurz und bündig von der kleinen Tischgesellschaft und marschierte zur Garderobe. Als sie ihren Mantel bereits angezogen hatte und schon vor der Außentür stand, hörte sie: *„Warte doch auf mich!"* Der Professor war ihr also in Windeseile gefolgt und holte seine Jacke. In ihrem Schmerz beschloss Caroline, nicht auf ihn zu warten. Sie öffnete die Tür und überquerte die Straße zur Bushaltestelle. Mit großen Schritten erreichte er sie und sie setzten sich nebeneinander in den Bus, der wie von Zauberhand angekommen war. *„Was war denn los mit dir?"*, fragte er unvermittelt. Caroline wurde kurz verlegen. Würde sie den Mut aufbringen, ihm eine Szene zu machen? Stattdessen: *„Du bist frei. Du kannst tun, was du willst."* Da ihr daran gelegen war, das Thema zu wechseln, kam sie auf die Rede zu sprechen. Die ganze Fahrt lang unterhielten sie sich darüber. Kein Wort über die Bekannte. Das ewige Katz-und Mausspiel ging unentwegt weiter. Als er ausstieg, um zu seiner S-Bahn-Station zu gelangen, fühlte sich Caroline hundselend. Am liebsten hätte sie losgeheult. Das hob sie sich für zu Hause auf. Dabei hatte sie vor dem Vortrag gehofft, eventuell einen Herrn wiederzusehen, den sie einige Monate zuvor am gleichen Ort angetroffen hatte. Damals war sie ohne den Professor zugegen gewesen, da er verhindert war. Sie hatte sich eingehend mit dem Herrn unterhalten, der sie immer wieder aufforderte, doch noch ein Weilchen zu bleiben. Er war ganz offensichtlich von ihr fasziniert. Nur gab es einen Haken: Er war mindestens zehn Jahre jünger, denn er befand sich noch im Berufsleben. So kam es auch, dass sie sich nach der gemeinsamen U-Bahnfahrt verabschiedeten, ohne den Namen des anderen in Erfahrung gebracht zu haben. Caroline hätte gerne die Reaktion ihres Professors erlebt, wenn der Herr strahlend auf sie zu geeilt wäre. Ob der Professor die Eifersucht kannte? Aber der Herr war offenkundig nicht anwesend. Stattdessen ihre eigene Eifersuchtsszene. Immer war ihr der Professor überlegen. Sie wie ein Provinzmädel blamiert. Machtlos. Unterlegen. Auf verlorenem Posten. Ein Häufchen Elend. Wieder stand sie vor der Entscheidung, was tun. Sollte sie ab nun seine Telefonate einfach unbeantwortet lassen? Sollte sie einen radikalen Schnitt machen? Ihn nie wiedersehen? Ihn aufgeben? Im Laufe der Nacht, die durch Schlafunterbrechungen eher turbulent verlief, gelangte sie zu dem Schluss, in gewohnter Weise mit ihm weiterzumachen. Sie fand nicht die Kraft, ihm zu entsagen. Im Bewusstsein, dass er ihr nie gehören würde, dass sie nur Anspruch auf einen Bruchteil von ihm hatte. Er war nicht zu bändigen, zumindest nicht von ihr. Das stand außer Frage.

Und was seine Liebesfähigkeit anbelangte, so fand Caroline heraus, wem oder besser gesagt wofür diese galt. Für sein Haus. Eindeutig! Denn er hatte es stets eilig, nach

Hause zurückzukehren. Obwohl er nichts vorhatte, keine weitere Verabredung, keine unaufschiebbare Erledigung. Nein, er freute sich einfach auf das traute Heim, das geduldig, fast freudestrahlend auf ihn wartete, fast wie ein menschliches Wesen. Andere kehren mit klopfendem Herzen zu ihrem Tier zurück, also warum nicht auch zu den vier Wänden! Diese enthielten viel von ihm, von seinem Leben. Er hatte teilweise selber mit angepackt, Zementsäcke getragen, Fenster eingesetzt, was so alles zum Bau dazugehört verrichtet. Aber vor allem hatte er Zeit, Ideen und Geld eingebracht. Seine Schweißtropfen verwandelten sich im Verlauf der Jahre in Liebestropfen. Das Haus bedeutete ihm mehr als all die Frauen, die er in seinem langen Leben bezirzt hatte, mehr als seine Kinder, die ihm etliche Enttäuschungen und viel Gram bereitet hatten. Das Haus würde er bestimmt nur auf der Bahre verlassen, wenn es einmal so weit wäre. Ein Freund, der ihn zum Umzug in ein schickes Altenheim überreden wollte, stieß bei ihm auf taube Ohren. Er verkannte seinen langjährigen Kameraden vollkommen! Caroline hätte ihm die Hintergründe für die Ablehnung des Professors eingehend erklären können. Fest im Griff hielt ihn das Haus, das Allerliebste, das nicht meckerte, zwar hin und wieder mit Reparaturen Arbeit machte und auch zu Ausgaben trieb, die er aber bereitwillig tätigte. Für das Haus hielt er das Geld bereit, das er sonst nur mit Bedacht aushändigte. Das Haus über alles. Sein Stolz. Sein Werk, noch wichtiger jetzt, im Rentneralter, in dem er sich nicht mit Leistungen aus der Arbeit brüsten konnte. Das Haus stand sichtbar, unverkennbar vor ihm und den anderen. Seine Existenz war nicht zu leugnen. Es erinnerte ihn stets an ihn selbst, schloss den Kreis um seinen Lebensinhalt.

Ganz anders erging es Caroline. Sie, die mehrmals in ihrem Leben umgezogen war, die faktisch nie hatte Wurzeln schlagen können, freute sich zwar immerfort auf ein Nachhausekommen, aber aus einem ganz anderen Grunde als der Professor. Sie öffnete erwartungsvoll die Wohnungstür. Das heißt bereits unterwegs trieb sie sich zur Eile, schaltete ihr E-Bike auf Hochtouren, sie, die sich sonst mit der Fahrleistung Eco begnügte. Ihr erster Gang, zum Festnetztelefon. Um zu schauen, ob Nachrichten auf sie warteten. Aber nur die von einer Person interessierten sie, erfreuten sie: Die von ihm, vom Professor. Als Beweis dafür, dass er an sie gedacht hatte. Groß die Enttäuschung, falls er nicht unter den Anrufern blinkte. Groß die Freude, wenn sie seine Stimme hörte. Sie verließ allerdings gerne die Wohnung, denn sie wollte nicht, dass er den Eindruck bekäme, sie sei ständig zuhause, warte womöglich auf seinen Anruf, auf ihn. Was sie im Grunde genommen tat. Denn kaum hatte sie das Gebäude hinter sich gelassen, drehten sich ihre Gedanken um ihn, unaufhörlich.

Caroline war es bewusst, dass sie in ihrem Alter nicht mehr die Wirkung auf einen Mann haben konnte wie damals, als sie zwanzig oder dreißig Jahre zählte. Außerdem betrachtete sie es als ein Ding der Unmöglichkeit, im Konkurrenzkampf gegen die anderen Frauen, vor allem vor den jüngeren, zu bestehen, geschweige denn den Professor für sich alleine zu gewinnen. Und dennoch dachte sie an rührende Beispiele der Weltliteratur wie z. B. an die 49. Erzählung des *„Dekameron"* von Boccaccio. Federico, ein Edelmann aus Florenz, verschwendet sein ganzes Vermögen, um die Liebe der schönen Madonna Giovanna zu gewinnen. Als er anschließend in Armut in einem kleinen Häuschen mit seinem hoch geschätzten Falken lebt, besucht ihn eines Tages die inzwischen verwitwete Giovanna. Ihr Kommen hat einen prosaischen Grund: Ihr kranker Sohn ersucht sie, ihm zwecks seiner Genesung Federicos Falken zu erbitten. Diesen Wunsch eröffnet sie ihrem Gastgeber erst, nachdem ihr dieser den besagten Falken ohne ihr Wissen als Mittagsmahl präsentiert hat. Für Giovanna hatte Federico das ihm am Herzen gelegene Tier geopfert. Ansonsten hätte er sie nicht bewirten können. Traurig, aber von Federicos Edelmut stark beeindruckt, kehrt sie zu ihrem Sohn zurück, der kurz darauf stirbt. Auf das Drängen ihrer Brüder hin wird sie schließlich Federico aufgrund seines edlen Charakters heiraten. Der Ehemann entpuppt sich hiernach als ein kluger Verwalter ihres Vermögens. Diese Novelle brachte Caroline zum Grübeln: *„Es existieren also auf dieser Welt Männer, die der Liebe fähig sind, die sich selber vergessen, die sich mit einer Nebenrolle begnügen können. Ich verlange ja nicht vom Professor, dass er mich verwöhnt, dass er ein Vermögen für mich aufs Spiel setzt oder das Allerliebste für mich aufgibt, nein, aber eindeutige Zeichen schon. Und von Edelmut, Selbstlosigkeit, Hochherzigkeit keine Spur. Passen diese Eigenschaften nicht in unsere Zeit? Stelle ich zu hohe Ansprüche? Sind diese Werte vom Tisch?"*

Am nächsten Tag stieß Caroline, weiterhin trostsuchend, auf ein anderes Werk, die des Philosophen, Soren Kierkegaard. In seinem *„Aus dem Tagebuch des Verführers"*, bereits in dessen Anfangsseiten die erschreckende Offenbarung: *„Er reizte ein Mädchen durch seine Geistesgaben und zog sie an sich, tat dann aber nichts weiter, um sie wirklich zu besitzen."* *„Genau das gleiche könnte ich auch von meinem Professor sagen"*, bemitleidete sich Caroline. *„Er imponiert mir durch seine Intelligenz und lässt mich dann baumeln! Klasse!"* Im Text weiterhin: *„Ich kann mir gut denken, wie er ein Mädchen bis zu dem Punkt brachte, wo er sicher sein konnte, dass sie ihm alles opfern würde; und wenn die Sache so weit gediehen war, brach er ab, ohne dass von seiner Seite die kleinste Annäherung geschehen wäre, ohne dass er ein Wort von Liebe gesprochen, oder eine Erklärung, ein Versprechen gegeben hätte."* *„Mal wieder wissen die Autoren ganz exakt, worüber sie schreiben!"*, sah Caroline ein. *„Welche Lebenserfahrung bzw. Beobachtungsgabe, obwohl hier Kierkegaards Erstlingswerk vorliegt, allerdings das berühmteste! Genau wie beschrieben,* opfere ich dem Professor meine Zeit, indem ich ihm willig und flink seine Manuskripte korrigiere, stets parat für Unternehmungen zur Verfügung stehe, wann auch immer es ihm passt, tja, und Vorwürfe, nein, die kann ich ihm nicht machen. Denn er hat mir nie etwas versprochen, nicht einmal Andeutungen gemacht. Ich habe nur versucht zu interpretieren, zu meinen Gunsten, meiner Sichtweise entsprechend, klar." Nochmals der Wortlaut: *„Und doch ist etwas geschehen; und das Bewusstsein davon ist für die Unglückliche, die es erleben musste, doppelt bitter, weil sie nicht das Geringste hat, auf das sie sich berufen kann; sie wird von den verschiedensten Stimmungen in einem rätselhaften Hexentanz umhergetrieben; bald macht sie sich Vorwürfe und verzeiht ihm, bald macht sie ihm Vorwürfe; und da das Verhältnis eigentlich keine Wirklichkeit hatte, so muss sie beständig mit dem Zweifel kämpfen, der das Ganze für eine Einbildung erklärt."* „Wie passend dieser Begriff des Hexentanzes!"*, erkannte Caroline. „Genau, ich fühle mich von ihm verhext! Nicht genug damit, auch noch hin und her gewirbelt! Ich habe keinen Stand mehr. Und seine Gefühlswelt habe ich mir obendrein einfach eingebildet. Was bleibt? Nichts! War da überhaupt jemals etwas? Zu bezweifeln! Obendrein könnte man sich die Frage stellen, ob der Mann es wert ist, dass eine Frau den Leidensweg für ihn durchschreitet. Aber nein! Diese Frage stellt sich weder die Frau noch Kierkegaard! Es ist doch offensichtlich, dass die arme Frau über keine Entscheidungskraft mehr verfügt! Sie ist ihrem Geliebten längst komplett verfallen und hörig! Steht auf verlorenem Posten!"* Indessen werden die Aussagen in der Geschichte immer präziser: *„Keinem Menschen kann sie sich anvertrauen; denn sie hat eigentlich nichts anzuvertrauen."* *„Oh Gott!"*, gestand sich Caroline wehleidig ein. *„Ich würde ja gerne in die Welt hinausposaunen, dass ich jemanden gefunden habe, dass ich zu jemandem passe, dass wir vielfache gemeinsame*

Interessen teilen, aber wo ist dieser Mensch? Er entgleitet mir ständig aus den Händen wie ein glitschiger Fisch. Was mir bleibt, ist die Einbildung und die kann ich unmöglich kundtun! Ich fühle mich wie in einem Horrorfilm oder schlimmer noch wie in einem Psychothriller!" In einem Brief schreibt die besagte Frau, Cordelia, an ihren Johannes: „Ich nenne Dich nicht: Mein. Denn das, ich sehe es wohl, bist Du nie gewesen, und schwer büße ich dafür, dass dieser Gedanke einmal meiner Seele Freude und Wonne war. Und doch nenne ich Dich: Mein; mein Verführer, mein Feind, mein Mörder, meines Unglücks Ursprung, meiner Freude Grab, meines Elends Abgrund." „Noch bin ich nicht so weit, dass ich ihn zu meinem Feind deklariere!", überlegte Caroline. „Seine Art von Betrug war so raffiniert, dass er gar nicht nachweisbar ist. Vielleicht hängt seine Handlungsweise im Endeffekt nur damit zusammen, dass die Angst vor der Hingabe ihn liebesunfähig macht. Aber trotz seiner ständigen Flucht vor der Liebe kann er ihr nie ganz entkommen. Wir Frauen wirken wie ein Magnet auf ihn." Und auch Cordelia lässt sich blenden: „Ist keine Hoffnung mehr? Denn Du hast mich geliebt, das weiß ich gewiss, wenn ich auch nicht weiß, woher ich diese Gewissheit habe. Ich will warten, wenn mir die Zeit auch lange wird, ich will warten, warten, bis Du der Liebe zu einer anderen müde bist; dann soll Deine Liebe zu mir auferstehen aus ihrem Grab, dann will ich Dich lieben wie immer, Dir danken wie immer, wie einst, Johannes, wie einst!" „Werde ich auch so lange ausharren?", betrachtete sich Caroline. „Teile ich auch Cordelias Ansicht, er habe mich geliebt? Zu einem bestimmten Grad schon, aber nicht genug. Seine Macht über mich war ihm vielleicht essentieller! Und wahrscheinlich findet er nicht alle Tage ein so leichtes Opfer wie mich, eins, das allerdings einen gewissen Qualitätsstandard vorweist. Aber im Grunde genommen besitzt doch jede Frau in seinen Augen etwas Besonderes, Einzigartiges, Persönliches; jede für sich genommen ein

*Unikat. Dadurch, dass er immer wieder von der Bildoberfläche verschwindet, dass ich mich von ihm verlassen fühle, dadurch macht er sich interessant und unabkömmlich. Obendrein habe ich, genau wie Kierkegaards Verführte, keine Ahnung von seiner Existenz, von dem, was in ihm vorgeht und was er mit mir vorhat. Kläglich. Schlussendlich ist Kierkegaards Werk die Anleitung zum Verführen! Das Einmaleins! Die Fibel! Aber mein Professor ist durch die Schule des Lebens gegangen, wir Frauen waren seine desaströsen Lehrmeisterinnen, indem wir ihm zu Füßen lagen, nicht aufbegehrten. Mit seiner guten Auffassungsgabe hat er schnell gelernt."*

Schließlich kommt der Verführer zum Höhepunkt seiner Aussagen: *„Mag Gott seinen Himmel behalten, wenn ich sie nur habe. Ich weiß, was ich wähle; kommt doch der Himmel selbst schlecht weg bei diesem Handel. Denn was bleibt ihm, wenn ich sie habe." „Wenn dies nicht eine Liebeserklärung ist, dann versteh ich rein gar nichts mehr!"*, munterte sich Caroline selber auf. *„Die schönste Offenbarung. Endlich! Also ist der Verführer doch der Liebe fähig! Ich gebe die Hoffnung nicht auf, dass mein Professor auch eines Tages zu dieser Erkenntnis gelangt! Trotz der aufgezählten Betrugs-, Täuschungs-, Manipulations-, Betörungs-, Köderungs- und Verzauberungstechniken lehnt Kierkegaard die Haltung seines Verführers ab. Er möchte im Gegenteil auf eine ethische Existenz hinweisen, in der wir durch gegenseitiges Geben und Nehmen zu einer Gemeinschaft verschmelzen. Wir sollen in Freiheit Entscheidungen treffen, die freie Wahl zwischen „Entweder" und „Oder" haben, übrigens der Titel des Gesamtwerkes, in dem dieses Tagebuch ein wichtiges Kapitel bildet."*

# Der Besuch

Als nun einige Tage später Uranda, Verdina und Sikulda Caroline einen Besuch abstatten, dauert es nicht lange, bis diese zu dem sie bewegenden Thema gelangt mit ihren letzten Erkenntnissen in puncto Eigenschaften des Professors. Die durch die Lektüre des Philosophen gezogenen Schlussfolgerungen sprudeln hemmungslos aus ihr heraus. Unmittelbare Reaktion der drei Freundinnen: ein Lachkrampf! *„Schau mal an!"*, äußert sich Sikulda als erste. *„Dein Kierkegaard hat also in seinem 1843 veröffentlichten Werk bereits den Narzissten beschrieben! Sehr vorausschauend! Dass der Professor zu dieser Kategorie gehört, das sagen wir dir doch seit geraumer Zeit. Er ist nicht zu einem normalen Liebesverhältnis fähig! Unserem Urteil schenkst du keinen Glauben! Du musst es schwarz auf weiß von einem anerkannten, vor fast zwei Jahrhunderten begrabenen Autor lesen, damit du es verstehst und annimmst. Obwohl du hiervon noch weit entfernt bist! Denn das Annehmen würde ja als Konsequenz einen Schlussstrich mit ihm nach sich ziehen. Dazu scheinst du mir leider noch nicht bereit und reif."*

*„Hast du schon mal an Pablo Picasso gedacht, an die vielen Frauen, die er zeitlebens ausgepresst hat wie Zitronen?"*, stichelt Uranda in Carolines Wunde hinein. *„Sie waren seine Musen auf Zeit. Wenn er sie nicht mehr brauchte, wenn er schon die nächste am Schopfe gepackt hatte, warf er die vorherige ausgelaugt, fürs weitere Leben untauglich geworden, einfach weg. Diese Frauen konnten sich auch danach nicht von ihm lösen. Sie waren ihm hörig, genauso wie du dem Professor. Erkennst du dich in ihnen nicht wieder?"*

*„Und weißt du was, Caroline?"*, schließt sich nun auch Verdina den anderen an. *„Das Altwerden hinterlässt nicht nur physische Schäden wie Knieprobleme und Arthrosen, abgesehen von durchaus schlimmeren*

Krankheiten; es belastet auch die Psyche. Denn es gestaltet sich nicht einfach, das Nachlassen der körperlichen Leistungsfähigkeiten zu verkraften, geschweige denn zu akzeptieren. Dein Tennis hast du schon vor längerer Zeit aufgegeben und es hat dir weh getan, erinnerst du dich? Na klar! Die Vernunft weist euch Ältere in die richtige Richtung, lässt euch aufhorchen und je nach Einsichtigkeit bestimmte notwendige Schritte unternehmen, aber selig macht es euch nicht! Im Gegenteil: Es nagt an euch. Du musst verstehen, dass es einen Mann noch härter trifft. Er war es gewohnt, den Ernährer, den Karrieremacher, den Erfolgreichen zu spielen, und plötzlich soll alles vorbei sein? Verzweifelt sucht er nach Wegen, dem Konflikt des Alterns zu entkommen. Somit degenerieren die Dialoge in Monologe, in denen er krampfhaft versucht, sich und seine Leistungen in den Mittelpunkt zu rücken. Aber niemand fragt mehr nach, was er in seinem bisherigen Leben, gemeint ist dabei leider ein vorheriges, nicht mehr sichtbares oder zählendes, so Tolles vollbracht hat. Interessiert keinen Menschen! Die Vergangenheit verblasst! Ad acta gelegt! Der Ruhestand gleichzusetzen mit Langarbeitslosigkeit, so etwas wie Wertlosigkeit! Ab der Rente steht man nackt da, muss wieder von Null beginnen, ein Ego, ein Selbstwertgefühl aufbauen. Und es wird noch schlimmer kommen, das weiß man, wenn man die Augen offenhält und sich im Bekanntenkreis umschaut: Der eine dement, der andere bettlägerig, ein weiterer bereits verstorben. Morgen bin ich dran, denkt man. Morgen bin ich von anderen abhängig, Autonomie ade! Was gelte ich dann noch? Das Selbstbild taumelt! Die Stärke dahin! Sexuelle Potenz, ein Erinnerungsstück! Und dann sind da noch die Jüngeren, die den Eindruck erwecken, sie könnten alles im Handumdrehen, ohne großen Aufwand erledigen. Wer möchte schon altern? Wisst ihr, dass der Begriff „Dorin-Gray-Syndrom", basierend natürlich auf Oscar Wildes Romanfigur, in die Psychologie eingegangen ist?

Er steht für das Krankheitsbild der Nichtanerkennung des eigenen Alterns. Die Reaktionen können von Angst, über Wut bis zur Depression gehen. Trotz Selbstverliebtheit ist der Unsterblichkeitsgedanke verflogen! Freuds Deutung? Der Tod als gewaltige narzisstische Kränkung. Auch dein Professor unweigerlich davon betroffen! Warum sonst spricht er davon, er müsse die Einliegerwohnung frei halten für eine Pflegekraft? Andrerseits in die Welt posaunt, er würde wie seine Vorfahren die 100 erreichen oder gar überschreiten. Obwohl er aufgrund der Knieschmerzen nun einsieht, dass er beim Bergwandern die Höhenmeter reduzieren muss. Die Verschiebung seiner Grenzen, einen Dämpfer zu spüren bekommt. Sogar entgegen seiner bisherigen Gewohnheiten davon spricht, weil mit-teilen Erleichterung verschafft. Als Narzisst und Mann trifft ihn diese Veränderung stärker als die sonstigen Menschen. Diese Tatsache wiederum veranlasst ihn, den Versuch zu unternehmen, den verlorenen Glanz auf eine andere, bis dato immer noch mit Erfolg gekrönte Weise zurückzugewinnen. Also über seine Wirkung auf Frauen. Je intelligenter und leistungsfähiger sie sind, desto größer der Output für ihn. Was sich dabei für die Frauen ergibt, ist ihm einerlei. Welche Verwüstung er hinterlässt, ist ihm egal. Siehe Picasso."

„Obwohl in der griechischen Mythologie Narziss als in sein Eigenbild verliebt geschildert wird, wodurch man ihn als autarkes Wesen interpretieren könnte, sieht die Wirklichkeit eines Narzissten doch um einiges anders aus", kontert Uranda. „Auf sich alleine gestellt, also ohne ein Umfeld, ist er total machtlos! Er benötigt die anderen zur Widerspiegelung seiner Grandiosität. Um seine innere Leere zu übertünchen, seine Unsicherheit zu verbergen, seine schmerzende Seele zu verleugnen, lechzt er immerfort nach Bewunderung, nach Akzeptanz. Denn er trägt ein Trauma mit sich herum. Der Professor hat sich dir offenbart, Caroline. Er hat dir von seiner Kindheit erzählt: Mutterliebe?

Streicheleinheiten? Liebkosungen? Nichts dergleichen hat er erlebt. Als ältester musste er in einem ärmlichen Haushalt obendrein mit einem kriegsversehrten Vater der Mutter tatkräftig zur Seite stehen, nach der Schule Schwerstarbeit auf dem Felde verrichten. Zusätzlich die Verantwortung für den Unfug der jüngeren Geschwister tragen. Nichts blieb ihm erspart! Schelte, wenn nicht gar Schläge, falls etwas zu Bruch gegangen oder unerledigt geblieben war. Verantwortung auf seinen zarten Schultern bereits in frühen Jahren. Und er hat mit ansehen müssen, dass der Benjamin, der es zwar später im Leben zu nichts bringen sollte, der verhätschelte Liebling war, dem alles verziehen wurde. So blieb ihm nichts anderes übrig, als sich mit einer Kokonschicht zu umgeben, sich in sich selber einzuschließen, sich selbst zu verleugnen. Er bildet sich ein, somit eine gesunde Abwehrstrategie gegen sein Trauma, seine frühkindliche Verletzung, seinen unerträglichen Schmerz gefunden zu haben. Ganz einfach ein Fluchtverhalten, denn er hat Angst, in seine Abgründe zu schauen. Dass er verletzlich ist, hast du auch erlebt, Caroline. Bei einem Fehler ertappt, wie neulich beim Kartenspielen, rastet er aus: „Wenn ihr mit solchen Anschuldigungen kommt, dann spiele ich nicht mehr mit! Dann höre ich sofort auf! Nein, so geht es nicht!" Als unerwartete Überreaktion, als unmögliches Verhalten hast du, Caroline, sein Benehmen bewertet. Dir war es vor den anderen peinlich. Es handelte sich um eine Lappalie, eine nette, nicht im Geringsten aggressiv geäußerte Bemerkung. Spiel im Spiel! Nicht so für ihn! An welche Situationen in seiner Kindheit erinnerte ihn diese doch milde Zurechtweisung? Welche Verletzungen rüttelte sie wach? Seine Verwundbarkeit offen zu Tage getreten. Du, Caroline, hast ihn dir sofort als Kind in einer Konstellation vorstellen können, in der er ungerecht behandelt worden ist. Zum Leidtun!"

„Erinnert ihr euch, was der blinde Seher Teiresias

über Narziss wahrsagt?", lenkt Sikulda ein. *„Er werde lang leben, wenn er sich niemals selber kennt! Dieser Ausspruch komplett konträr zur Inschrift am Eingang des Tempels zu Delphi! Die besagt nämlich, man solle sich selbst erkennen! Bedeutet: Man solle sich mit den eigenen Problemen und seiner Persönlichkeit auseinandersetzen. Für einen Narzissten äußerst gefährlich! Warum? Dann würde er nämlich das eifersüchtige, neidische bzw. grollende Kind klar in sich entdecken und deutlich wahrnehmen, dass er zur eigenen Entlastung seine Aggressionen immerfort nach außen projiziert. Eine heikle, erschütternde Erkenntnis der persönlichen destruktiven Anlage. Der Weg zum Tod bzw. Selbstmord greifbar nahe. Die einzige Möglichkeit zur Befreiung vom Narzissmus besteht in der Aufgabe des fortwährenden Selbstverteidigungsmechanismus, der Blindheit oder Abblockung bezüglich einer Selbsterkenntnis. Allerdings hat der Betreffende vormals von sich aus durch eine eigene Entscheidung diese Verhaltensform gewählt. Das bedeutet, dass er auch einen anderen Weg einschlagen kann! Aber sich neu zu orientieren fällt schwer. Eine grundlegende Veränderung wird nunmehr als Misserfolg, als Niederlage, gar als Weltuntergang empfunden. Energie muss umgeleitet werden und die Einsicht erwachsen, dass man die Hilfestellung der Anderen benötigt. Und sie annehmen! Dies ist der entscheidende Schritt."*

*„Tja und nochmal zurück zu Freud"*, ergänzt Verdina. *„Er behauptet, je mehr man sich selber liebe, desto weniger bleibe für die anderen übrig. Da kannst du ein Lied von singen, Caroline, nicht wahr? Klingt äußerst logisch. Und da wären wir bei der nächsten Instanz, der Bibel, die besagt, wir sollen unseren Nächsten lieben! Passt leider alles zusammen! Der Narzisst folgt aber nicht der biblischen Maxime, sondern er sucht einen ihn ergänzenden Partner. In der Politik, in der Führerrolle, benötigt er ein Publikum, das regrediert ist oder zur Regression bereit ist, d. h. das sich unreflektiert von ihm*

einlullen lässt. Auf solch eine Bevölkerung übt er eine Art Sogwirkung aus, sodass er schlussendlich von „Ja-Sagern" umgeben ist. Die erlangte Macht verleiht ihm innere Stabilität, erhöht sein Persönlichkeitsgefühl. Auf der einen Seite steht also ein Mensch mit Machtgelüsten, auf der anderen der Beherrschte, der sich ihm in seinem Schutzbedürfnis fügig unterwirft. Der Wille zur Macht versus jenem der Unterordnung. Der Narzisst ist im Grunde genommen auf der Suche einer Kompensation für seine Ohnmacht, seine Hilflosigkeit und seine Minderwertigkeit. Er steigert sich in Größenfantasien oder ganz einfach in Karriere-Besessenheit hinein, die meist in Realitätsverlust enden. Kissinger bezeichnete Macht als eine Art Aphrodisiakum, das zur Befriedigung der Eitelkeit dient. Aber alleine kann ein Narziss, wie bereits erwähnt, nicht existieren. Er benötigt einen sogenannten Komplementärnarzissten, d. h. jemanden mit umgekehrten Vorzeichen. Während der eine nach Bewunderung hascht, legt der andere sich ihm zu Füßen. Während der eine sein Selbstwertgefühl unbedingt erhöhen möchte, verzichtet der andere auf das eigene, begnügt sich mit einer Schattenexistenz, huldigt dem Narzissten wie ein Hund seinem Herrchen. Die perfekte Ergänzung. Und meist sind es Frauen, die sich in diese untergeordnete, dienende Rolle treiben lassen, denn sie nehmen sich selber nicht so wichtig und vertreten die Meinung, Größenfantasien stünden ihnen nicht zu."

„Caroline, ich hoffe, du hast deine würdevolle Haltung noch nicht aufgegeben und hältst dich wacker! Ich muss dich sogar loben, denn du hast bereits ein wenig über das verwirrende Verhalten deines Professors recherchiert. Kein Wunder bei der Konfusion, die er ständig in deinem Inneren auslöst. Neulich fand bei dir die merkwürdige Abart des Gaslighting Erwähnung", schreitet Uranda noch einmal in das Gespräch ein. „Eine ähnliche Form ist das Quiet Dumping. Alles stammt natürlich aus den USA, verbreitet sich wie ein Lauffeuer mittels der sozialen Medien. Aber nicht sie alleine tragen Schuld an diesem Phänomen: Sowohl die Pandemie wie der anschließende Ukrainekrieg haben die Menschen dermaßen verstört, dass erst beide Katastrophen die wahre Entfaltung dieser neuartigen Umgangsarten ermöglichten. Nun, das Quiet Dumping ist eigentlich eine Weiterentwicklung des Quiet Quitting, das in der Arbeitswelt stattfindet. Dort löst der Arbeitnehmer sich lautlos von seinem Job, indem er auf die Bremse tritt, seine Leistung geräuschlos herunterfährt. Das Quiet Dumping hingegen bezieht sich auf Paarbeziehungen, in denen der eine sich langsam, fast unmerklich distanziert, eine offene Auseinandersetzung allerdings meidet. Das bewirkt eine Destabilisierung beim Gegenüber. Er weiß nicht, ob ein reales Problem existiert oder ob die Ungemütlichkeit nur Einbildung ist. Irgendetwas stimmt nicht, aber es ist nicht genau ersichtlich, worum es geht. Es handelt sich um einen allmählichen Ausstieg aus einer Gemeinschaft, wobei der Partner der Leidtragende ist, denn ihm wird nicht reiner Wein eingeschenkt, er wird in der Schwebe gelassen. Du wirst mir sagen, Caroline, dass dieses Verhalten nicht auf deinen Professor zutrifft. Du magst recht haben, dennoch fehlt es ihm an Ehrlichkeit, oder? "

„Und da wäre noch das Negging", führt Verdina fort. „Eine weitere toxische Beziehungsmethode, in der es darum geht, dem Anderen zwar Komplimente, Negs, zu machen, die aber einen bitteren Beigeschmack enthalten. Die gewünschte und erzielte Wirkung immer wieder die gleiche: Befremden, Einschüchterung, Beunruhigung, Schwächung des Selbstwertgefühls des Anderen. So wird er gefügig gemacht, erniedrigt, um gleichzeitig selber größer zu erscheinen, mehr Eindruck zu schinden, die Abhängigkeit von sich zu verstärken. Passt nicht ganz zu deinem Professor, wirst du einwenden, Caroline. Einverstanden, aber ein gewisses Etwas von all den von uns aufgezählten negativen

Eigenschaften finden wir in seiner Wesensart wieder. Leugnen kannst du das nicht. Man sagt ja, man solle seinem Bauchgefühl Folge leisten, wenn dieses Bedenken äußere. Das wisse schon Bescheid, ob das Verhältnis von Bestand sein wird oder nicht, lange bevor unser Gehirn imstande ist, sein Urteil, eine Bestätigung oder eine Absage dazu zu erteilen."

„Nicht genug mit dieser Aufzählung, denn es lässt sich noch eine zusätzliche schlimme Taktik hinzufügen, das Breadcrumbling", wendet Sikulda ein. „Das stammt von unserem Märchen, Hänsel und Gretel, ab. Wenn die Gebrüder Grimm wüssten, was sie mit ihrer Sammlung angerichtet haben! Es handelt sich um das neue Ghosting, also einer Form des Verschwindens aus einer Beziehung, ohne Abschied, ohne Begründung oder Angabe eines Zeitpunktes. Es werden beim Breadcrumbling nur Brotkrumen dargereicht, d. h. man schenkt dem Anderen nur so viel Aufmerksamkeit, dass er interessiert, gebunden bleibt. Aber Sicherheit erhält er nie! Diese und die anderen bereits erwähnten Maschen werden immer nur von vereinsamten Menschen mit wenig Selbstwertgefühl eingesetzt, die auf diese Weise Macht und Kontrolle über den Anderen auszuüben wünschen. Sie sind einer echten Bindung nicht fähig. Von solchen Typen sollte man nicht in Abhängigkeit geraten, sich im Gegenteil so schnell wie nur möglich von ihnen lösen. Vor allem keine Angst haben, über die Gefühle und eigenen Bedürfnissen zu sprechen. Oder ansonsten mit kurzen Antworten aufwarten, im gleichen Stil wie der Breadcrumbler selber. Solch eine Retourkutsche erträgt er nämlich nicht!"

„Wisst ihr überhaupt, woher diese Technik stammt?", gibt Verdina zum Besten. „Vom Film „Inception" des Regisseurs Christopher Nolan aus dem Jahre 2010. Es ist ein Science-Fiction-Thriller, der immerhin vier Oscars erhielt nebst einer Menge weiterer Nominierungen und Preise. Der Film zeichnet sich durch seine visuellen Effekte, seinem surrealen Bildreichtum und den mit Träumen, Bewusstsein und Wahrnehmung verbundenen Themen aus. Er hatte durchschlagenden Erfolg. Die Handlung basiert auf der Idee, dass man durch gemeinsames Träumen, das Traum-Sharing, das Bewusstsein des Anderen beeinflussen und wertvolle Informationen des Schlafenden entnehmen kann, die sogenannte Extraction. Auf diese Weise beleuchtet man verschiedene Schichten der Realität sowie des Traumes, sodass ein genauerer Einblick bzw. eine komplexere Manipulation als jene durch das Breadcrumbling erzeugte generiert wird. Hieraus entstand sogar der Begriff Inception-Style! Für die anderen vorhin genannten Modeerscheinungen existieren neben den Nomen inzwischen auch die Verbalformen, also breadcrumben usw. Und es geht hier genauso wie bei all den anderen neuen Tendenzen darum, beim Anderen falsche Hoffnungen zu erwecken, die er als echtes Interesse auffassen soll. Da eine Kommunikation aber nur sporadisch erfolgt, ohne dass eine wirkliche Verbindung oder eine bedeutungsvolle Interaktion entsteht, bewirkt sie neben Frustration eine komplette emotionale Verwirrung. Keine angenehme Situation für den Betroffenen, eher eine Tortur. Wir könnten schlussfolgern: Erst die Notwendigkeit macht einen Menschen zu einem guten Wesen, ansonsten ist er schlichtweg schlecht!"

# Detektivarbeit mit Folgen

Nach den intensiven Gesprächen mit ihren drei Freundinnen behielt Caroline trotz deren Ermahnungen ihre allwöchentlichen Begegnungen mit dem Professor bei. Zwar genoss sie jedes Mal das Beisammensein mit ihm, explodierte vor Glück, aber hinterher, kaum hatten sich ihre Wege getrennt, überfiel sie der Argwohn, das Misstrauen. Seine Anrufe auf der Heimfahrt, noch vom Auto aus, die ihr einerseits besagten, bestätigten, dass er die Verbundenheit zu ihr noch spürte, nicht von ihr lassen konnte, vermengten sich danach mit dem Gefühl der Unsicherheit. Rief er seine anderen Gespielinnen ebenfalls der Reihe nach an? Denn manchmal tätigte er direkt vom Wagen aus ein zweites Telefongespräch mit ihr, entschuldigte sich verschmitzt, dass wohl sein Handy unbedingt ihre Nummer wählen wollte. *„Aha!"*, resümierte Caroline, *„er hat in der Eile, mal wieder unkonzentriert, einen Fehler begangen. Er wollte jemand anderes erreichen. Da er mir keinen Namen nennt, präsentiert er mir den Beweis dafür, dass es sich um eine Frau handeln muss."*

Dann kam eines Tages die Einladung, die Dachterrasse seines ehemaligen Arbeitsgebers in der Innenstadt zu besuchen. Von da aus hätte man bei gutem Wetter einen tollen Blick über die ganze Stadt. Er hatte sich kürzlich einen Firmenausweis besorgt und war der festen Überzeugung, die Mitnahme einer Begleitung sei unbedenklich. Am Einlass wurde auch Caroline aufgefordert, ihren Arbeitsausweis vorzuzeigen. Da sie keinen besaß, wurde ihr der Zugang verwehrt. Der Professor ließ sich nicht beirren. Er verlangte, mit Herrn X verbunden zu werden. Der saß gerade leider im Homeoffice. Okay, dann der nächste Ansprechpartner. Ebenfalls im Homeoffice. Es war Freitag, ein Tag, an dem die meisten Angestellten ihre Arbeitszeit eh auf nur einige wenige Vormittagsstunden beschränkten.

Caroline merkte, wie sich der Wutpegel beim Professor steigerte. Er bat sie, es sich im Foyer bequem zu machen, auf ihn zu warten, während er persönlich nach ehemaligen Kollegen Ausschau halten wollte. Caroline willigte ohne jegliches Zeichen von Aufbegehren ein. Es waren nur ein paar Minuten vergangen und schon stürzte sich die gewissenhafte Angestellte an der Pforte wie ein Zerberus auf sie: *„Soeben erhielt ich einen Beschwerdeanruf. Ihr Mann bringt eine so große Unruhe in die Büros, dass er die Mitarbeiter an der Verrichtung ihrer Tätigkeiten behindert. Hätten Sie die Güte, mir seine Handynummer zu übermitteln?"* Offensichtlich hielt der Professor seine Rage nicht im Zaume. Ein erschreckendes Szenario für Caroline. Sie kramte nach ihrem Handy, um die verlangte Nummer hervorzuholen, aber schon kreuzte der Professor mit leuchtenden Augen auf und der barschen Aussage: *„Komm, steh auf, gleich stößt ein Abteilungsleiter zu uns, der uns hineinführt."*

In dessen Begleitung passierten sie erhobenen Hauptes die übereifrige Angestellte, die nun erstaunt dreinschaute. Tatsächlich war der Rundumblick von der Terrasse aus sehr beeindruckend. Zu dritt identifizierten sie die unterschiedlichen Bauten. Sie bedankten sich anschließend beim Abteilungsleiter für die ihnen gewidmete Zeit und verließen das Gebäude. Caroline machte sich auf den angestauten Zornesausbruch ihres Professors gefasst. Erst hagelte es Beschimpfungen auf die aufgeplusterte, sich wichtig nehmende, in Wirklichkeit unbedeutende, ja frech zu bezeichnende Angestellte. Eine Niederlage konnte er nicht ohne Weiteres verkraften. Caroline wusste, dass die Attacken auf die Nichtanwesende bald sie selber treffen würden. Wie so oft schon würde sie, die komplett unschuldige, die obendrein keinen Vorwurf geäußert hatte, die Unannehmlichkeiten in würdevoller, einem erwachsenen, reifen Menschen gebührender Weise wortlos über sich hatte ergehen lassen, seiner Unausgeglichenheit zum Opfer fallen. Tatsächlich fing er an, alles an ihr zu kritisieren. Wie sie ihre Essensbestellung aufgegeben hatte, ihre harmlosen Meinungsäußerungen zu verschiedenen Themen, ihr Lachen oder ihre Unbekümmertheit, nichts schien an diesem Tage zu stimmen. In der Folge verstummte sie, was ihm ebenso missfiel, denn so hatte er kein Angriffsziel mehr. Während des anschließenden Spaziergangs beruhigte er sich langsam, sodass Caroline auftauen konnte, wieder sie selbst wurde und der Tag friedlich endete.

Eine Woche danach war Carolines voller Einsatz gefordert. Auf seinem Computer sollte sie ihm das ChatGPT installieren. Nicht dass sie eine Expertin auf dem Gebiet gewesen wäre, aber sie kannte sich ein wenig aus und hatte das System mehrmals gelobt, ohne die Grenzen seines Einsatzes zu verschweigen. Also fuhr sie schon am Vormittag zu ihm nach Hause. Sie machten sich sofort an die Arbeit. Da er fürs Einloggen eine Bestätigungsmail erhalten sollte, ging er in sein Mailaccount und scrollte zerstreut ein wenig zurück. Caroline, voll wach, schaute genau hin und entdeckte, ja entdeckte einen Namen, der ihr schon vormals aufgefallen war: Nadja Thompson. Er hatte die Angewohnheit, im Auto in seinem Navi stets die Adressen einzugeben. Wenn sie also in die Berge fuhren, gab er den angepeilten Parkplatz an, obwohl er die Strecke mit Sicherheit auswendig kannte. Als er also zwei Wochen vorher dies bei einem gemeinsamen Ausflug tat, waren auf dem Navi zwei oder drei kurz davor verwendete Ziele aufgetaucht. Nadjas Adresse war erschienen; Caroline hatte sich den außergewöhnlichen Namen merken können, die Straße nur halbwegs, denn die Angaben erloschen schnell. Bei dieser Fahrt hatte Caroline obendrein beim Einsteigen ins Auto einen Kommentar abgegeben: „*Ich muss schon sagen, deine Begleitung behandelt deinen Mercedes keineswegs pfleglich! Schau, hier liegen Steinchen auf der Matte!*". Sowohl sein Auto wie sein Haus befanden sich stets in Topzustand. Und Caroline wusste, dass er ihre Wohnung immer akribisch nach Zeichen von Unordnung, Ungepflegtheit oder vernachlässigter Hygiene genau unter die Lupe nahm. Diesbezüglich erhielt sie dennoch stets Lobesgesänge. Seine Antwort auf ihre Bemerkung mal wieder abwinkend, sozusagen beruhigend: *„Das war wohl der Mechaniker, als das Auto vor ein paar Tagen in der Werkstatt stand."* *„Oh nein! Der Mechaniker setzt sich nicht auf den Beifahrersitz!"*, setzte Caroline ihre Beobachtung fort. Die vorhandenen Steinchen stammten eindeutig von einem Waldweg; auf keinen Fall gehörten sie zum in der Stadt eingesetzten Streugut gegen Eisglätte. Es stand für sie fest, dass er mit einer Frau in den Bergen gewesen war. Denn er hatte ihr von solch einer Fahrt berichtet, aber so getan, als wäre er alleine gefahren. Nun kombinierte Caroline Adresse im Navi mit Steinchen und obendrein mit diesem Mailverkehr. Nicht genug damit. Einige Wochen davor, als sie zu einem geselligen Kartenspielabend mit einem seiner Freunde bei ihm zugegen gewesen war, hatte sie eine unbewachte Minute genutzt, um etwas Unerlaubtes zu tun. Er hatte eine Nachricht auf seinem Handy angeschaut, dann dieses nicht ausgeschaltet und auf einem Nebentisch liegen gelassen. Anschließend verließ er den Raum, um eine Sektflasche zu holen. Caroline nutzte die Gunst der Stunde oder besser gesagt der Sekunden, um in seinem Handy die letzten WhatsApps durchzuscrollen. Und welcher Name war ihr da ins Auge gesprungen? Natürlich Nadjas! Was sie geschrieben hatte, konnte Caroline unmöglich in der Eile lesen.

Die Dame war demnach allgegenwärtig. Ein Schaudern lief bei dieser Erkenntnis Caroline über den Rücken. Es verschloss sich ihr die Kehle, fast bekam sie Atemnot. Sie stand prompt von ihrem Stuhl am Computertisch auf und stellte dem Professor die Frage, ob er auch ein Glas Wasser wolle. Er bejahte und sie begab sich in die Küche. Dort lag sein Handy auf der Arbeitsfläche. Sie drückte drauf. Zwei WhatsApps waren angekommen, alle beide von Frauen. Eine davon, ja, wer konnte es anderes sein als Nadja! Die erste Zeile war durchaus lesbar: „*Die Blumen blühen so wunderschön in meinem Garten!*" Eindeutig keine geschäftliche Nachricht, sondern eine sehr persönliche. Caroline musste sich kurz anlehnen, alle Kräfte vereinen, um nicht zu taumeln. Hatte sie überhaupt richtig gelesen? Denn die Info war um 8 Uhr 30 in der Früh gesendet worden. In Carolines Gärtchen taten sich die Krokusse erst gegen Mittag auf, wenn die Sonne auf sie schien. Aber an diesem trüben, eher kalten Morgen waren sie verschlossen geblieben. Hatte sie nun das mit dem Garten mental hinzugedichtet und es handelte sich in Wirklichkeit um einen Blumenstrauß, den der Professor Nadja eventuell geradewegs am Vortag überbracht hatte? Fragen über Fragen, Zweifel über Zweifel. Die andere Frau, Wilhelmine, hatte einen Link zu einem Wirtschaftsartikel geschickt. Mit dieser verband ihn also sein Lieblingsthema. Oft hatte Caroline von ihm weitergeleitete Links erhalten. Wie viele von ihnen stammten von dieser Dame? Am Abend dieses Tages sollte Caroline tatsächlich den von ihr bereits erblickten Wirtschaftsartikel von ihm zugesendet bekommen.

Sie kehrte mit zwei Wassergläsern ins Arbeitszimmer zurück. Sie versuchte, sich ihr Unwohlsein nicht anmerken zu lassen. Als er dann auf Toilette verschwand, nutzte Caroline nochmals die Gelegenheit, um bei ihm herumzuschnüffeln. Es war ihr bewusst, dass sie etwas Ungeheuerliches, Verbotenes tat. Aber wie sollte sie seine Geheimnisse lüften, ihn entlarven, der wie ein Grab schwieg, seine wahren Machenschaften nie preisgab? Nur seine Unachtsamkeit, seine übersteigerte Selbstsicherheit, im Grunde genommen sein Narzissmus würden ihn überführen. Caroline schaute herum. Auf der Kommode fand sie unter mehreren unbedeutenden Zetteln einen, der ihren Zorn entbrannte. Die

Handynummer einer Dame inklusive ihres kompletten Namens, Renate M., daneben Skat, daneben Mittwoch. Sie war ihr bekannt. Bei einem Restaurantbesuch hatte Renate neben ihnen gesessen, man war ins Gespräch gekommen und darauf, dass man dieses Kartenspiel tätigte. Bevor sie den Saal verlassen hatte, schrieb sie ihren Namen mit Handynummer auf eine Serviette und überreichte sie dem Professor, der sie freudig einsteckte. Nun hatte er in der Zwischenzeit Caroline die Frage gestellt, ob man die bewusste Dame zum Kartenspiel einladen sollte. Er betonte, dass er auf Carolines Einwilligung oder Ablehnung Rücksicht nahm, sie nicht über- oder hintergehen wollte. Caroline hatte ihr Veto eingelegt und stattdessen eine von ihr selber als harmlos eingestufte Bekannte, Antje, zu einem Kartenspiel vorgeschlagen. Antje war eine begnadete Kartenspielerin, aber zeigte - über achtzigjährig - inzwischen Anzeichen von einer leichten Demenz, die mal intensiver oder leichter auftreten konnte. An dem verabredeten Tag war sie in Höchstform aufgelaufen und sie verbrachten einen einvernehmlichen, angenehmen Abend. Der Professor fuhr sie anschließend in seinem Auto heim, denn ihre Kinder hatten ihr wohlweislich als Vorsichtsmaßnahme ihr eigenes Fahrzeug abgenommen. Wie verwundert war nun Caroline gewesen, als Antje sie einige Tage später anrief, um sie zwecks eines Skatabends um die Telefonnummer des Professors zu bitten! Caroline überkam eine unbeschreibliche Wut! Was sollte das? Sie selber spielte auch Skat, sie selber hatte Antje zu sich zum Spielen eingeladen und nun wollte die in ihren Augen „harmlose" Antje ihr den Professor abspenstig machen? Sie blockierte vollkommen ab. Und hatte wieder einen Beweis in der Hand, wie stark ihr Professor auf Frauen wirkte. Keine schien ihn abzuweisen. Alle schienen ihm im Handumdrehen hörig und verfallen zu sein. *„Im Grunde genommen dürfte er sich nicht so viel auf seinen Erfolg einbilden"*, bemängelte Caroline. *„Zugestanden, er* *besitzt Charme, Charisma. Aber sein allerwichtigster Anziehungspunkt besteht allein in der Tatsache, dass er Single, von großer Statur, finanziell unabhängig, körperlich fit und obendrein aktiv ist! Die meisten Männer in seinem Alter sind Couch-Potatos. Enttäuschend träge!"*

Caroline nahm ihren eigenen Kampf um ihn und gegen die unzähligen anderen als ziemlich aussichtslos wahr. Auch wenn eine ausscheiden sollte, hätte er eine kurze Zeit später sicherlich die nächste an der Hand. Die Damen fielen ihm zu, wie es dieser Zettel mit Renates Nummer bewies, die wohlgemerkt nicht mehr auf der originalen Serviette stand. Die hatte er offensichtlich entsorgt, bereits mit Renate telefoniert und Notizen auf dieses Papier gemacht. Hinter Carolines Rücken. Obwohl sie gegen Renate gestimmt hatte. Obwohl er so getan hatte, dass er Carolines Entscheidung respektieren würde. Wo blieb sein Gewissen? Kannte er denn überhaupt keine Grenzen? Caroline steckte den Zettel einfach ein. Renates Nummer hatte er bestimmt in seinem Handy gespeichert. Ihr Handeln war im Grunde genommen bedeutungslos. Ein folgenloser Racheakt. Der aber Caroline in dem Moment guttat. Weiter konnte sie nichts unternehmen, nichts unterbinden.

An einem Tage drei Frauen in seinem Umkreis aufgestöbert, Nadja, Wilhelmine und Renate. Keine Kontakte von Männern, obwohl er immer wieder seine männlichen Freunde namentlich aufführte. Vielleicht nur Zufall. Da Caroline aber nun einmal die Chance hatte, die Zügel in die Hand zu nehmen, beging sie noch eine weitere sehr kleine Sünde. Das Handy hatte er irgendwann in seine Hosentasche gesteckt, sodass sie keinen Blick mehr darauf werfen konnte. Aber im Laufe des Tages hörte sie es auch nicht piepen. Nachdem sie also einige Stunden auf Spaziergang gewesen waren, vor ihrer Heimfahrt und während er ihr noch einige Zweige Forsythien in seinem Garten abschnitt, betrat sie sein

Haus, um etwas Wasser zu trinken. Mit dem Glas in der Hand marschierte sie zum Wohnzimmer, das im Dunkeln lag. Was sie sehen wollte, konnte sie auch so erblicken: Das Festnetztelefon. Es blinkte nicht. Sie war zumindest diesbezüglich beruhigt. Unterdessen ließ sie den Blick kurz über den Salon gleiten. Es befiel sie ein nostalgisches Gefühl. Sollte dies das letzte Mal sein, dass sie hier gestanden haben würde? Derweil beobachtete sie sicherlich der Professor durch die hell erleuchteten Küchenfenster und rätselte, was sie dort anrichten wolle. Schon wieder ein klitzekleiner folgenloser Triumph für Caroline.

Sie verabschiedete sich und fuhr nach Hause. Durchwühlt. Verunsichert, wie bereits bei so vielen anderen Gelegenheiten. Enttäuscht. Sie konnte noch nicht klar denken. Keine Entscheidung treffen. Als er sie ein paar Stunden später anrief, sich nochmals höflichst bedankte für ihre Unterstützung am Computer, mutierte plötzlich seine Stimmung. Sie nahm die Aggression in seiner Stimme wahr. Innerlich schmunzelte sie. Denn sie konnte seine Irritation klar deuten. Er hatte wahrscheinlich das Verschwinden des Zettels mit Renates Nummer bemerkt, verzweifelt danach gesucht und was sollte er nun tun? Er konnte unmöglich Caroline danach fragen. Damit hätte er sich selber entlarvt. Ihm waren die Hände gebunden und die Ungewissheit, ob Caroline den Zettel gesehen und an sich genommen hatte oder nicht, blieb bestehen. Ein klitzekleiner Triumpf für Caroline. Sollte er doch mal ein wenig leiden, wie sie es so oft tat!

Am nächsten Tag erst besah sie sich die Scherbenansammlung. Denn was verblieb ihr von diesem Mann? Kleine, insignifikante Bruchstücke, die von Sikulda erwähnten sogenannten „breadcrumbles". Merkte er überhaupt, welche Auswirkung sein Verhalten hatte? Eine Unzahl von Substantiven fiel Caroline ein: *„Erniedrigung, Affront, Missachtung, Beleidigung, Enttäuschung, Frust,*

Demütigung, Verletzung, Schmerz, Schmach." Alle entsprachen ihren Empfindungen. Alle hätte sie ihm am liebsten an den Kopf geworfen! Stattdessen unternahm sie nun eine Forschung im Internet nach Nadja Thompson. Nicht vorhanden. Keine Adressangabe. Dann fiel ihr ein, sie besäße noch ein einige Jahre altes Telefonbuch, eins aus dem Papierzeitalter. Und tatsächlich! Die gesuchte Nadja war dort verzeichnet. Nun durchforstete sie Google Maps nach ihrer Straße. Sie traute ihren Augen nicht! Nadja wohnte einen Steinwurf von ihr entfernt! Nachbarinnen! Ach, wie bequem für den Professor! Und was unternahm Caroline sofort? Sie schwang sich aufs Fahrrad! Sie fand das Haus, der Garten von einer dichten Thuja Hecke umgeben, sodass dem Fremden der Blick hinein verwehrt war. An der Hausklingel der besagte Name. Es stimmte. Sie existierte also. Caroline schauderte es, als sie überlegte, wie oft wohl das Auto des Professors an diesem Bürgersteig parkte. Das Haus lag in totaler Stille. Caroline nahm sich vor, ihre Detektivarbeiten fortzusetzen. Sie würde hin und wieder dorthin radeln. Eines Tages würde sie diese eine Kontrahentin zu Gesicht bekommen. Und sie überlegte: *„Vielleicht bin ich ihr ein paar Mal oder sogar mehrfach begegnet! Ich habe ja nie Ausschau nach der Anderen in meiner näheren Umgebung gehalten. Warum sollte ich auch! Ich vermutete sie in der Ferne, unerreichbar. Und nun, in meiner Nachbarschaft. Greifbar, genauer, sichtbar in meiner Nähe! Ab jetzt halte ich die Augen offen, betrachte akribisch alle Damen. Ich gehe ja oft in ihrem Bezirk einkaufen, im DM, in der Hofpfisterei usw. Auch in die Bibliothek. Ja, und meine U-Bahn ist zugleich die ihrige. An ihrer Haltestelle nehme ich künftig alle wartenden oder einsteigenden Damen genau ins Visier! Ob mein Einsatz fruchtet, sei dahingestellt. Ich muss aber meine Naivität aufgeben, aktiv werden. Immer schon fühlte ich meine Kontrahentinnen als Schatten, als Dämonen, fast wie Hexen zwischen mir und dem Professor. Jetzt weiß ich, dass sie real* vorhanden sind! *Die Nutzlosigkeit meines Unternehmens steht außer Frage! Es ist von vornherein zum Scheitern verurteilt. Denn nach Nadja oder neben ihr werden weitere weibliche Namen in Erscheinung treten. Wie ein Deus ex machina! Der Professor hat augenscheinlich einiges nachzuholen. Den Weltschmerz hat er noch nicht überwunden. Wie gut ist es mir doch mit meinem verstorbenen Ehemann ergangen! Auch er hatte eine Scheidung erlitten. Mit ca. dreißig tauschte ihn seine Ehefrau mit seinem besten Freund aus. Ich hatte das Glück, ihn erst fünf Jahre danach kennenzulernen, d. h. nach einer ausgelassenen Junggesellenzeit! Dem Professor hingegen waren die letzten fünfundzwanzig Jahre seit seiner Scheidung dafür offensichtlich nicht ausreichend! Mein Pech! Und klar ist, dass nicht die Liebe zu einer Frau ihn in deren Arme treibt, nein, es handelt sich um sein Ego. Dieses benötigt ständig neue Nahrung! Wie ein unersättlicher Drache verschlingt es, was sich in seinen Weg stellt! Rücksichtslos!"*

Sie fragte sich, ob ihre Rivalinnen von der Existenz einer oder mehrerer anderer wussten bzw. sie vermuteten oder sie nonchalant in Kauf nahmen. Bei einer gewissen Anne Marie hatte es eventuell anders gestanden. Das reimte sich Caroline folgendermaßen zusammen: *„Als neulich Joachim bei der Wanderung diesen Namen erwähnte, versteifte der Professor. Er hätte doch Anne Marie immer zum Wandern mit seinem Auto abgeholt und wieder nach Hause gefahren, was sei aus ihr geworden, wollte Joachim wissen. Der Professor schwieg. Was hatte er mal wieder zu verbergen? War er – seinen Möglichkeiten entsprechend – in sie verliebt gewesen, doch sie hatte ihm den Laufpass erteilt? Gehörte sie zu den wenigen, die ihn durchschaut, die gespürt hatten, dass sie immer nur eine unter vielen bleiben würden? Die Reinkarnation einer Françoise Gilot, der einzigen Geliebten von Picasso, die es zu seinem Leidwesen gewagt und durchgezogen hat, ihn zu verlassen? Selbstverständlich* kann man den zwar intelligenten Professor nicht mit diesem Großen der Kunstgeschichte auf dieselbe Stufe stellen! Was diese Männer vereint, ist ihr Machowesen! Hatte also Anne Marie die Unfähigkeit des Professors zu einer Veränderung erkannt? Na klar, das hat ihn genauso wie Picasso gewurmt, weh getan. Immer noch. Monate oder gar Jahre danach. Eine nicht hinnehmbare, unvergessliche, schmerzende Niederlage. Denn seine Erwartungen hatten sich dieses eine Mal nicht erfüllt: Er liebt es, als Fixstern von seinen Frauenplaneten umgeben zu sein, jede in ihrer eigenen, fest geregelten Umlaufbahn, sodass sie nichts von der Existenz einer anderen erfährt, jede denkt, sie sei einmalig bzw. die beherrschende. Hierbei nimmt Diskretion eine wichtige Rolle ein. Hat er mich nicht für eben diese gelobt, als wir damals mit Joachim unterwegs waren? Je länger keiner seiner Freunde von seinen Liaisons weiß, desto besser in seinen Augen. So kann er mit uns herumspielen. Es hat mich sehr gekränkt, dass er mich neuerdings wieder zu diesem Thema ansprach. Demnächst käme sein Freund Edgar, von dem er mir schon viel erzählt hat. Da könne ich bei einer Wanderung mit von der Partie sein. Der Grund? Eben meine Zurückhaltung! Stürzen die anderen Frauen sich etwa auf ihn? Wie jene neulich in der Veranstaltung? Bei mir kann er sich sicher sein, dass ich nichts dergleichen unternehme! Aber es verletzt mich, dass ich keinen Schritt in unserem Verhältnis vorangekommen bin!"

Der Professor konnte sich auf die von ihm eingesetzte Taktik verlassen; Erfolg wurde ihm stets zuteil. Er verstand es nämlich, jeder der Frauen das Gefühl der Einzigartigkeit zu übermitteln. Dabei stand er Napoleon nicht nach, der seinen Soldaten vor einer Schlacht gesagt haben soll, er trage in seinem Herzen die Liebe, die sie ihm täglich erbrachten. Und vor allem, dass sie mit Lorbeeren gekrönt nach Frankreich zurückkehren würden. In seiner gekonnten Demagogie verheimlichte er ihnen, dass viele auf dem

Schlachtfeld fallen oder schlimme Verwundungen erleiden würden. Genauso wie des Professors Gespielinnen folgten die Soldaten ihrem General blindlings, ohne Widerspruch, im vollen Vertrauen, eine Wahrheit zu Ohren bekommen zu haben. Aber es endete bei den einen wie bei den anderen in den meisten Fällen mit einem Fiasko oder dem Verderben!

Und wie stand es eigentlich um den Professor selber? Bedachte er nicht, dass er eines Tages bei einer Unpässlichkeit, ob vorübergehend oder bleibend, vielleicht die Unterstützung einer dieser Damen willkommen heißen würde? Aber wer würde sich denn dazu bereit erklären, wenn sie erfuhr, dass sie monate- bzw. jahrelang ein unbedeutender Bestandteil seines Harems gewesen war? Dass sie keine Sonderstellung innehatte, obwohl er es ihr ständig beteuert hatte? Einerseits schien ihm doch sein beginnender, unvermeidlicher, körperlicher Verfall Sorgen zu bereiten, wo war aber die Voraussicht, die konsequente Handlungsweise? Einfach Hybris! Hochmut! Selbstüberschätzung! Er kannte bis dato nur den Matthäus-Effekt, in dem sich Erfolg auf Erfolg reiht, in dem man nur eine positive Rückkopplung erfährt. Der Tag der Wahrheit würde ihn schon einholen, früher oder später! Nur fehlte ihm das Bewusstsein dafür. Allerdings bewies er eine unerschöpfliche Energie, um gleichzeitig mehrere Damen bei Laune zu halten. Für manch einen Siebzigjährigen wäre der Aufwand für eine einzige eventuell schon zu viel gewesen. Er aber rief bestimmt einige in regelmäßigen Abständen an, bezeugte damit sein anhaltendes Interesse an ihnen, abgesehen von gelegentlichen Verabredungen. Ein zeitaufwendiges Engagement, das er wohl schaffte, da er nur wenige Stunden Schlaf benötigte.

Caroline fand keine Ruhe. Die gewonnenen Erkenntnisse schwirrten ihr im Kopf herum. Und wieder fand sie Trost in der Literatur, im 2023 mit dem Goncourt Preis gekrönten Werk von J. B. Andrea, „*Veiller sur elle*", das auf

Deutsch „*Pass auf sie auf*" heißen soll, aber noch nicht in Übersetzung vorliegt. Da äußert sich Viola Orsini über die Männer, nachdem ihr Bruder Stefano verbotenerweise eine Wasserleitung durch die Ländereien ihrer Erzfeinde, die Gambales, hat legen lassen. Sie sagt in etwa: „*Ihr seid alle Männer mit einem ganz kleinen* m. *Also, sagt mir, denn es interessiert mich: Woher stammt eure Gewalttätigkeit, hm? ... Vielleicht daher, dass ihr verlassen wurdet? Aber wer hat euch verlassen? Eure Mütter? Und wenn es der Fall wäre, warum behandelt ihr sie auf diese Weise, sie und alle die künftigen Mütter der Welt?*" Genau diese Unwägbarkeit beschäftigte Caroline. Welches Recht stand dem Professor zu, die Frauen so zu behandeln als wären sie austauschbare Ware? Er brachte keine Gewalttat ins Spiel, das musste man ihm gutschreiben, er brauchte sie nicht, denn die Frauen folgten ihm bereitwillig. Aber dennoch empfand es Caroline als eine Art von Gewaltanwendung, da er den Frauen im Grunde genommen keinen Respekt zollte, sich über sie hinwegsetzte. Und sie stellte sich die Frage, ob die Mutter des Bildhauers Mimo im gleichen Roman richtig mit der Annahme liegt, dass „*das Leben aus einer Reihe von Entscheidungen besteht, die man anders fällen würde, wenn uns die Möglichkeit geboten wäre, wieder von vorne anzufangen.*" Der Professor hatte ihr zum gleichen Sujet einige Zeit zuvor offenbart, er würde sein Leben genauso gestalten wie gehabt. Sie hatte an der Ehrlichkeit seiner Antwort gezweifelt, denn nicht wenig war bei ihm schiefgelaufen. Vielleicht gerade der Grund für seine derzeitigen ungerechtfertigten Rachezüge an Frauen, denen keinerlei Schuld in Hinblick auf sein unglücklich verlaufenes Leben traf.

Caroline stand zum zweiten Mal vor einer Entschlussfassung in ihrem Verhältnis zum Professor: Das erste Mal nach seiner Urlaubsfahrt, womöglich sogar mit dieser Nadja, denn der kürzlich in seinem Auto stark zurückgeschobene Beifahrersitz deutete auf eine große

Person hin, was mit der damals versandten Fotografie der Urlaubsbegleiterin übereinpasste. Carolines erste Reaktion: vollständiger Bruch. Ja, was sollte sie, die auf Partnersuche war, mit einem so volatilen Mann anfangen? Dabei hatte er ihr wenige Wochen zuvor auf ihre Frage hin, was er sich mit Caroline wünsche, geantwortet: *„Dass es zwischen uns hält!"* Diese Aussage hatte sie dermaßen überrascht und gleichzeitig beglückt, dass sie nicht weiterbohrte, was es mit diesem *„es"* in sich habe. Sie genoss diesen Zustand des Nirwana, wollte ihn nicht zerstören, für eine gewisse Zeit in dieser wohltuenden Nebelschwade verharren. Sie machte sich etwas vor, das war ihr bewusst.

Als er am nächsten Tag anrief, an dem Tag, an dem sie bereits Nadjas Haus besichtigt hatte, nahm Caroline nicht ab. Sie konnte unmöglich mit ihm sprechen. Normalerweise rief sie ihn zurück, wenn sie nach Abwesenheit eine Nachricht von ihm vorfand. Jetzt unternahm sie auch dies nicht. Es widerstrebte ihr, er widerstrebte ihr. Auch am folgenden Tag das gleiche Spiel. Am dritten dann erhielt sie eine Mail von ihm. Er bedauerte, dass sie seit dem Computertage nicht mehr erreichbar war. *„Es ist doch ein Wahnsinn"*, überlegte Caroline, *„wie gut er mich kennt, wir beide uns kennen! Er spürt sofort, dass etwas nicht stimmt, ohne dass ein Wort fällt. Er reimt sich wahrscheinlich einiges zusammen! Zieht seine Schlüsse, ist sich im Unklaren, ob ich die Nachrichten usw. gelesen habe. Da er heute Nacht mit seinem Sohn in Urlaub fährt, werde ich ihm aus Anstand die Stimmung nicht ruinieren und ihm einen guten Flug wünschen."*

Carolines Anruf bewirkte, dass der Professor sie am Nachmittag vor der Abfahrt zum Flughafen und später nochmals von dort aus anrief. Er offenbarte ihr damit sein echtes Bemühen um sie. Die Frage blieb dennoch für sie offen, ob Nadja oder sonst wer sich über ebenso viele Anrufe freuen durfte! Deswegen konnte und wollte sie ihnen keinen realen Wert zuordnen! Das war ihr Problem! Welche

Rangstellung hatte sie inne? Auch die Fotos, die er in den folgenden Tagen aus dem Urlaub schickte, nahm sie kaum wahr. Aus welchem Grunde? Sie stellte sich vor, er versende sie an alle seine Bekannten, sie nahm also keine Sonderstellung ein. Wenn sie genauso viel zählte wie die anderen, dann war jegliche Bemühung um ihn sinnlos. Sie antwortete überhaupt nicht und stellte sich vor, wie fleißig seine anderen Bewunderinnen ihn mit Kommentaren überhäuften. Für ihr Nichtstun erhielt sie ihre Belohnung. Nach vierundzwanzig Stunden Stille von ihr kamen zwei Fotos an sie persönlich gerichtet an, unterschrieben mit „dein" vor seinem Namen. „Aha!", schmunzelte Caroline. „Er merkt, dass es so bei mir nicht funktioniert! Er reagiert! Es fällt ihm trotz der Antworten der anderen auf, dass meine fehlen, dass ich entweder über der Masse stehen muss oder ansonsten von der Weltoberfläche verschwinde! Sein Gespür täuscht ihn nicht. Wieder ein Beweis dafür, dass er mich gut kennt und dass ich doch einen gewissen Stellenwert bei ihm einnehme. Wie hoch darf ich den einschätzen?"

Sie beschloss, ihn nach seinem Urlaub über ihr Wissen bezüglich Nadja in Kenntnis zu setzen. Dabei würde sie nur das Vorkommen ihres Namens in seinem Navi und in seinem Computer aufführen. Ihre Einsicht in sein Handy hingegen würde sie ihm verschweigen. Die wäre auch gar nicht notwendig gewesen, da das Telefonbuch Auskunft gegeben hatte. Da er mal wieder nichts preisgeben würde, da sie selber nicht auf Zusammenkünfte mit ihm verzichten konnte und wollte, würde es auf eine Freundschaft ohne Berührungen hinauslaufen. Ihn nie wieder zu sehen, das konnte sie nicht verkraften, das wäre einem übermenschlichen Akt gleichgekommen. Dazu war sie nicht imstande. Sie dachte an Andreas Roman zurück, in dem Bizzaro den reich gewordenen Künstler Mimo anhand seiner Kontakte zu hohen Persönlichkeiten um Hilfe für seine von den Faschisten eingesperrte jüdische Schwester bittet: „Ich sage dir nur, dass vielleicht der Tag anbrechen wird, an dem dein Gewissen mehr wert sein wird als diese Uhr an deinem Handgelenk. Und an dem Tag wirst du merken, dass es das Einzige ist, das du mit deinem Geld nicht wirst kaufen können." „Ja, das Gewissen scheint dem Professor keinerlei Sorgen zu bereiten", zog Caroline den Vergleich zwischen den beiden überheblichen, unverantwortlichen Männern. „Solange es einem gut geht, kann man es ja unterdrücken. Man arrangiert sich mit diesem Wächter, unterjocht ihn nach Möglichkeit, überhört ihn, geht ihm aus dem Wege. Er ist schlicht ein Störfaktor, den man am liebsten ausschaltet. Aber irgendwann in der Zukunft holt er uns vielleicht ein, tritt strafend auf. Darauf müsste man vorbereitet sein. Ich bezweifle, dass der Professor es ist."

Den endgültigen Beweis, dass die Literatur eine Stütze im Leben sein kann, fand Caroline ebenso in Andreas Werk. Als die belesene Viola Orsini zum ersten Mal das ihr unbekannte Rom besucht, folgt sie anfangs staunenden Auges ihrem Jugendfreund Mimo, die Hauptfigur der schon zitierten Schrift, der nach einer Weile zu folgender Einsicht gelangt: „…unsere Rollen kehrten sich um. Viola deutete auf irgendeine Sehenswürdigkeit, erklärte mir ihre Geschichte, und sehr schnell war ich derjenige, der ihr folgte, wie ein Tourist seinem Führer. Ich hatte die Macht von Bibliotheken unterschätzt… Viola erteilte mir eine neue Lektion – das echte Leben befindet sich in Büchern."

„Und vor allem in der Belletristik", fiel Caroline dazu ein. „Das ist ein Feld, auf dem sich der Professor überhaupt nicht auskennt. Die Psychologie ist zur Erkenntnis gelangt, dass man über die Literatur Empathie erlernt! Denn man fühlt mit den fiktiven Figuren mit, versetzt sich in ihre Lage, leidet und freut sich mit ihnen. Diese Gefühlswelt ist dem herben, sachbezogenen, kalt kalkulierenden Professor fern- und unbekannt geblieben. Auch das bewusste Lesen ist ihm entgangen, in dem man genussvoll, ohne spezifisches Ziel in die Lektüre eintaucht, ähnlich wie beim bewussten Atmen während einer Meditation. Die ganze Aufmerksamkeit ist auf dieses eine Buch fixiert, das Lesen verlangsamt, der Effekt einer Therapie gleich. Der Professor brüstet sich mit dem genauen Gegenteil, nämlich dem rapiden Querlesen. Demnach ist es nicht verwunderlich, dass er nie mit empathischen Empfindungen in Berührung gekommen ist."

# Epilog

Ein verfrühter Frühling war angebrochen. Milde Luft ließ die Natur sprießen! Eine Farbenpracht verbreitete sich auf unterster und oberster Ebene! Narzissen neben Tulpen, Hyazinthen neben Veilchen. Kirschbäume in Weiß und Rot, Magnolien in zartem Rosa bis Lila; auch der Flieder schloss sich den anderen an. Ganze Alleen blühten in Einheitsfarben. Düfte berauschten den erstaunten und entzückten Menschen. Nach den langen Wintermonaten Genuss pur.

Der Professor war aus seinem Urlaub zurückgekehrt und besuchte Caroline. Nach zwei harmonisch verlaufenen Stunden verabschiedete er sich, da sie Handwerker erwartete. Er fuhr zu seinem Freund Herbert weiter. In den folgenden Tagen war sie mit der mehrtägigen Versorgung von Enkeln beschäftigt. Er meldete sich hin und wieder telefonisch bei ihr. An einem Dienstag, an dem sie erneut einen Enkel erwartete, teilte der Professor ihr vom Handy, also vom Auto, aus mit, er führe zu Herbert. *„Ach, schon wieder zu Herbert?"*, entschlüpfte es Caroline. Er bejahte. Es gehörte nicht zu seinen Angewohnheiten, Freunde mehrmals in einer Woche aufzusuchen. Sie wurde also stutzig. *„Das nehme ich ihm nicht ab!"*, dachte sie für sich. *„Ich kann mir schon vorstellen, wohin er wahrlich fährt, nämlich zu Nadja. Ich gewähre ihm noch eine Viertelstunde Zeit, damit er vor mir bei ihr anlangt. Denn ich radle jetzt zu ihr hinüber."*

Da sie befürchtete, eventuell von ihm gesehen zu werden, zog sie eine Jacke mit Kapuze an. Somit war nur ihr Gesicht frei. Innerhalb von einigen Minuten hatte sie Nadjas Haus erreicht. Und tatsächlich! Sein Auto stand just vor der Eingangstür. *„Solch ein Idiot! Fühlt sich dermaßen sicher, dass er seinen Wagen nicht einmal versteckt! Welch eine Schmach für mich! Er lügt mich an, halt so wie er es schon immer treibt. Ich komme nach dem Mittagessen wieder hierher, bevor ich Thomas vom Bahnhof abhole. Natürlich in der*

*Hoffnung, der Professor sei bereits abgefahren. Mal sehen!"*

Bei der zweiten Radtour, zwei Stunden später, keine Änderung! Sein Wagen immer noch vor der Haustür der Kontrahentin. Caroline zitterte am ganzen Leibe. Auf der einen Seite in ihren Vermutungen bestätigt, weil sie ihn in flagranti erwischt hatte, auf der anderen Seite selbstverständlich am Boden zerstört! Sie nahm sich aber noch mehr vor. Sie wusste, dass Thomas, ein fanatischer Läufer, kaum angekommen, bestimmt eine Stunde durch den Wald laufen würde, sodass sie ihrerseits die Muße haben würde, ein weiteres Mal zu Nadja zu radeln. Wieder in der Annahme, das besagte Auto nicht mehr vor deren Tür vorzufinden.

Just in dem Augenblick, in dem Caroline in die Straße ihrer Nebenbuhlerin einbog, wer kam ihr da in seinem Auto entgegen? Na klar, der Professor! Er trug seinen schicken weißen Schal um den Hals gewickelt und eine braune Jacke, die sie an ihm nicht kannte. Ihr verblieb gerade noch genügend Zeit, um sich auf den Bürgersteig zu schwenken, wo die parkenden Fahrzeuge ihm den Blick auf sie versperrten. Ihr Adrenalinspiegel stieg exponentiell! Mit dieser Begegnung hatte sie im Grunde genommen nicht gerechnet. Zumindest hatte sie gehofft, er hätte die Dame schon längst verlassen! Aber nun schaute sie kurz auf die Uhr und rechnete zusammen: Insgesamt hatte er fünfeinhalb Stunden bei der Anderen verbracht! Jetzt fasste sie sich noch einmal, denn ihr stand noch eine wichtige Aufgabe bevor! Ob sie Nadja wohl zu Gesicht bekommen würde? Vielleicht stand sie ihrem Geliebten nachwinkend vor der Tür. Also fuhr Caroline sofort die 100 Meter bis an die Ecke weiter. Und tatsächlich: Sie ertappte Nadja dabei, wie sie ihr eigenes Auto, das sie vorwärts gefahren hatte, um dem Auto des Professors genügend Parkplatz zu verschaffen, soeben wieder zurückgesetzt, also genau vor ihre eigene Eingangstür gestellt hatte. Caroline konnte sie nur von Hinten erblicken, bevor sie die Haustür, ohne sich zu wenden, hinter sich zuzog. Zu erkennen war, dass sie keineswegs schlecht aussah, eher anziehend, nahm Caroline an. Ihr Handy hatte sie versucht für ein Foto bereitzustellen, aber ihre Nervosität hinderte sie daran, es rechtzeitig zu betätigen.

Dass der Professor sich mit anderen Frauen traf, war Caroline ja bekannt und sie hatte es zu akzeptieren. Aber was hatte er wohl die lange Zeit mit Nadja unternommen? Weggefahren waren sie nicht. Das stand fest. Also hatten sie all die Stunden zusammen in ihrem Hause verbracht. *„Nur mit Gesprächen, mit Unterhaltung haben sie sich die Zeit nicht vertrieben. Da ist bestimmt mehr vorgefallen! Beweise habe ich nicht"*, gestand sich Caroline. *„Mit meiner Vermutung liege ich aber sicherlich nicht falsch, dass sie nicht nur harmlos nebeneinander gesessen haben. Ich bin es nun leid!"*

Am gleichen Abend ein langer Anruf von ihm auf dem Anrufbeantworter. Eindeutiges Zeichen dafür, dass er den Kontakt zu Caroline aufrechterhalten wollte. Aber Caroline wähnte sich nicht in einer Sonderposition. Dieses Getue vollbrachte er sicherlich mit all seinen Gespielinnen. Das war halt sein Naturell. Caroline überlegte, ob sie es ihm nicht nachmachen, ob sie sich nicht einfach mit mehreren Männern treffen sollte. An einem Tag den einen, dann am nächsten einen anderen; jeder einzelne würde sie mit seinen Eigenschaften, Interessen und seinem Wissen bereichern. Dass sie dem Professor nicht zur Genüge tat, war offensichtlich. Aber diese Vielfältigkeit lag ihr nicht. Sie gelangte zu dem Schluss, dass er sich nur Frauen aussuchte, die ihm verfielen und sich gleichzeitig durch ein solides und treues Wesen auszeichneten, d. h. monogam waren und unmöglich mehrgleisig in puncto Männer agieren würden. Ganz schlau von ihm eingefädelt.

In ihrer Verzweiflung schaute sie sich wieder die Annoncen an. Sie erschrak! Sie wähnte in einer Anzeige seine Handschrift zu erkennen. Auf jeden Fall stand die gleiche Emailadresse dabei wie bei derjenigen im Dezember, auf die sie ihm geantwortet hatte. Eindeutig derselbe Verfasser veröffentlichte nun einen vollkommen neuen Text. Wie sollte sie an ihn gelangen? Ihn entlarven? Endlich fand sie eine Freundin, die einwilligte, ihm eine Mail zu schicken. Nicht genug damit, Caroline beschloss, sich doch noch eine neue Mailadresse zuzulegen, um ihn Inkognito zu erreichen. Es war nicht absehbar, auf welche Art von Schreiben der Professor reagieren würde. Nach dem Motto: Doppelt genäht hält besser. Sie schrieb ihm also, kontrollierte unbändig den Posteingang, aber es tat sich nichts. Auch bei der Freundin nicht. Caroline hoffte, ihn zu ertappen, denn das würde ihre Schmach Nadja gegenüber mildern. Wenn er tatsächlich der Autor war, wenn er sich erneut auf der Suche befand, dann bedeutete es, dass auch Nadja ihm nicht ausreichte, dass er immer noch nicht seine Traumpartnerin gefunden hatte, oder vielleicht ganz einfach, dass er unersättlich war. Dann war jeglicher Kampf um ihn aussichtslos und vor allem sinnlos. *„Ob sie Nadja warnen sollte?"*, kam Caroline der Gedanke. Denn sie selber hatte bereits von zwei verschiedenen Damen ein Schreiben erhalten, in dem die Verfasserinnen sie auf das hinterhältige Verhalten von jeweils zwei unterschiedlichen Herren aufmerksam machten. Was die Schreiberinnen tatsächlich mit ihren Warnungen bezweckten, war Caroline nicht gänzlich ersichtlich gewesen. Sie gaben vor aus Solidarität und zum Schutze des weiblichen Geschlechts zu handeln. Waren auch sie ernsthaft verletzt worden? Würde Nadja bei solch einem Brief nicht eher skeptisch reagieren? Annehmen die andere, also in diesem Falle Caroline, agiere einfach aus Eifersucht, aus Rache, da sie verlassen wurde? Und Caroline überlegte: *„Ein noch größerer Akt der Rache besteht eventuell darin, Nadja auflaufen zu lassen. Warum soll ich ihr, der derzeit glücklichen, den Leidensweg des Versetztwerdens, der Trennung ersparen? Eines Tages wird sie das gleiche Schicksal ereilen wie mir und den vielen anderen vor mir. So sei es!"*

Unwillkürlich kamen ihr ihre drei Freundinnen in den

Sinn: „*Na klar! Sie haben sich eingemischt, dieses zufällige Aufeinandertreffen mit dem Professor eingefädelt! Denn: Wieso war er nicht schon fünf Minuten oder von mir aus eine Stunde vor meinem Erscheinen abgefahren? Oder wieso fuhr ich ihm genau in dem Augenblick entgegen, in dem er sich auf den Heimweg machte? Meine Freundinnen wussten, dass nur solch ein hartes Beweismittel mich zur Einsicht bringen und zum Handeln motivieren würde! Ich danke euch, ihr Lieben!*" Nicht genug hiermit. Es fiel ihr die unisono von den drei Weisen ausgesprochene Litanei ein: „*Er ist es nicht wert! Er ist es nicht wert! Er ist es nicht wert!*" Wenn dem tatsächlich so war, dann steigerte sich Carolines Schmach ins Unendliche! Vergeudete, vertane, unwiederbringliche Zeit!

Somit beschloss Caroline, mit ihm zu brechen, d. h., ihn nie wiederzusehen. Der Leidensweg mit ihm wäre bestimmt endlos. Sie war ihn schon zu lange gegangen. Das Feld zu räumen fiel ihr zwar schwer, dennoch musste der Schritt in die Freiheit, damit ganz bewusst erstmals in die Einsamkeit, unternommen werden. Die Pein in Kauf nehmend. „*Lieber ein Ende mit Schrecken als ein Schrecken ohne Ende*", tröstete sie sich. Ihr war klar, dass eine Via crucis vor ihr lag, die sie wie eine schwere Krankheit würde durchstehen müssen. Am Schluss winkte aber die Erlösung!

# Bibliographie

Andréa, Jean-Baptiste, „*Veiller sur elle*", Paris 2023

Bek-Pedersen, Karen, „*The Norns in Old Norse Mythology*", Edinburgh 2011

Dumas, Alexandre, „*Napoléon*", Paris 1990

Erikson, Thomas, „*Die Narzissten unter uns*", München 2022

Hardy, Thomas, „*Tess of the d'Urbervilles*",

Kierkegaard, Soren, „*Aus dem Tagebuch des Verführers*", München 1927

Ohana, K., „*Narzissten wie wir*", Weinheim 2022

Roth, Philip, „*Das sterbende Tier*", München 2003

Symington, Neville, „*Wege zur Partnerschaft: narzisstische Störungen und ihre Überwindung*", Göttingen 1995

Verein für Psychoanalytische Sozialarbeit Rottenburg u. Tübingen (Hg.), „*Narcissus und sein Gegenüber*", Tübingen 2007

Wirth, H.-Jürgen, „*Narzissmus und Macht*", Gießen 2002